btb

Buch

Dreißig Jahre ist es her, dass sich die acht Jugendfreunde zum letzten Mal gesehen haben. Nun hat Pieter sie alle zu sich in sein Landhaus eingeladen. Er will wissen, was aus ihnen geworden ist seit jenem letzten gemeinsamen Sommer, in dem sie auf einem alten Botter auf dem Ijsselmeer gefahren sind und wundervolle Nachmittage am Deich verbracht haben. Jung, frei und verliebt waren sie damals, und sie haben erwartungsvoll in die Zukunft geblickt, die ohne ihre Freundschaft undenkbar schien. Aber es ist anders gekommen, sie haben sich aus den Augen verloren, und ihre Leben haben sich in alle Winde zerstreut.
Pieter selbst ist Journalist beim Rundfunk geworden. Für ihn, den Sohn eines Uhrmachers, der in einer Welt der Stille aufwuchs, sind Geräusche eine Leidenschaft. Er liebt seinen Beruf über alles, doch jetzt, nach der Trennung von seiner Frau, spürt er immer öfter, dass ihn eine beklemmende Leere erfüllt. Mit Ungeduld sehnt er den Nachmittag herbei, an dem die quirlige Zusammenkunft der Freunde die Stille in ihm übertönen soll. Doch während sie noch alle im Garten sind und einander von ihrem Leben erzählen, verdunkelt sich plötzlich der Himmel. Ein heftiges Gewitter treibt sie schließlich ins Haus, und während draußen der Sturm tobt, brechen mit ungeahnter Macht alte Emotionen hervor…

Autorin

Fleur Bourgonje wurde 1946 in Achterveld, Niederlande, geboren. 1968 verließ sie die Niederlande und ging nach Frankreich und Südamerika, wo sie zehn Jahre als Journalistin und Übersetzerin in Chile, Argentinien und Venezuela lebte. In ihrem ersten Buch, erschienen 1985, setzte sie sich mit den politischen Ereignissen in Lateinamerika auseinander. Seitdem ist sie tätig als Journalistin für »De Groene Amsterdamer« und »NRC Handelsblad« sowie als freie Autorin. Sie veröffentlichte Erzählungen, Gedichte und mehrere Romane. 1988 erhielt Fleur Bourgonje den Betje-Wolff-Preis.

Außerdem von Fleur Bourgonje bei btb:

Ostwind, Königskind. Roman (72511)
Die Frau auf dem Felsen. Roman (72675)

Fleur Bourgonje

Damals am Deich

Roman

Aus dem Niederländischen
von Eva Schweikart

btb

Die Originalausgabe erschien unter dem Titel
»De dijk waarlangs we lagen« bei
Uitgeverij Atlas, Amsterdam/Antwerpen

Umwelthinweis:
Alle bedruckten Materialien dieses Taschenbuches
sind chlorfrei und umweltschonend.

btb Taschenbücher erscheinen im Goldmann Verlag,
einem Unternehmen der Verlagsgruppe Random House GmbH.

1. Auflage
Deutsche Erstveröffentlichung November 2001

Umschlaggestaltung: Design Team München
Umschlagfoto: All Over / Hendricks
Satz: Uhl + Massopust, Aalen
CN · Herstellung: Augustin Wiesbeck
Made in Germany
ISBN 3-442-72833-9
www.btb-verlag.de

Finden, was du nicht gesucht hast. Dass der kleine Staub, der an die Oberfläche kommt, alles ist, Trinken und Essen, dass du dich eingerichtet hast, zu vergessen was das war, Hunger nach Weite. Dass du bis ans Ende deiner Tage die Ferne in Enge gerollt musst tragen.

Teil 1

»Ich bin über dreißig Jahre in der Zeit zurückgegangen, und ich habe eine Strecke von fünfundzwanzig Kilometern in gerader Linie nach Osten zurückgelegt, um euch, meine Jugendfreunde, zu finden. Den Asphalt habe ich durch die abgenutzten Klinker ersetzt, und ich habe die Platten des Radwegs entfernt, damit die Wegraine mit Raps und Wiesenkerbel vom Grabenrand aus wieder bis an die Straße wachsen, die einzige Straße, die damals in die Außenwelt führte. Neue Häuser habe ich eingerissen, um die alten nach dem Bild, das sich mir eingeprägt hatte, wieder aufbauen zu können. Eure Ehepartner habe ich mitsamt den Kindern dorthin zurückgeschickt, woher sie kamen. Wir sind wieder unter uns, jung und ungebunden. Eure Liebesgeschichten kenne ich nicht. Ich weiß nicht, ob ihr die Erwartungen anderer und eure eigenen erfüllt habt, und über eure Leistungen kann ich allenfalls Vermutungen anstellen. Dreißig Jahre bin ich zurückgegangen, um euch heute hierher, in diesen Garten und in dieses Haus in Hollandsche Rading holen zu können. Habt ihr unsere

Mundart von damals der eigenen Sprache und fremden Sprachen angepasst, unseren vorsichtigen Dorfblick den Verlockungen der Stadt? Habt ihr gelernt zu leben; habt ihr gelernt, mit der Angst vor Feuer und Blitzschlag und durchgehenden Pferden zu leben? Erzählt ihr noch immer großartige Geschichten, um Fremde zu beeindrucken, und schweigt ihr noch immer wie das Grab, wenn Fremde versuchen, euch die Seele aus dem Hals zu ziehen und auf die Zunge zwischen die Lippen zu legen; unverhüllt, schreckt euch das noch immer?«

Ein Mädchen, das sich mitten durch die Rede einen Weg bahnt, reicht auf einem schwarz lackierten Tablett Gläser mit Champagner. Aber die Worte des Redners berühren sie nicht. Die Verlockungen gleiten an ihr vorbei, auch die beschworene Angst vor Feuer und Blitzschlag, und sie kann sich nicht vorstellen, dass eine Seele auf eine Zunge zwischen zwei Lippen gelegt wird, weil sie nicht weiß, was eine Seele ist, sie kennt nur das Wort.

Die Sonne beleuchtet an diesem Septembersamstag auf fast bedrohliche Weise den Rasen, die Rhododendronhecke, die Bäume und Sträucher und das Teichwasser, aber gerade durch dieses Licht, das auch auf die Gesichter der herbeigerufenen Jugendfreunde fällt, atmet der Nachmittag eine eigenartige Schönheit. Noch ein paar Wochen, und der Verfall setzt ein, noch ein paar Wochen, und die Blätter von Buchen und Rhododendren verlieren ihren Glanz, und das trübe gewordene Teichwasser entzieht die Goldfische dem Blick. Schwalbenschwärme werden über die Weiden hinwegstreichen. Über den Maisfeldern wird ein Nebelschleier hängen, der sich erst um die Mittagszeit lichtet. Aber heute ist alles sichtbar. Und es ist so warm, dass der Redner sich mit seinem Taschentuch den Schweiß von der Stirn wischt und sich unter das gemietete Gartenzelt stellt.

»Ich habe euch gesucht und gefunden.«

Das Mädchen lässt sich nicht beirren. Sie hat den Auftrag, während der ersten Stunde des Treffens immer wieder nachzuschenken. Damit sich die Zungen lösen. Damit die heutige Ordnung aufgemischt und alles wieder so wie früher wird. Damit Hollandsche Rading für einen einzigen Tag zum Mittelpunkt von acht Leben wird, die sich über das Land und die Welt aufgefächert haben.

»Ich habe euch gefunden.«

Der aufkommende Wind macht sich mit den Worten davon. Die Freunde erheben die Gläser. Sie werfen vorsichtige Blicke auf den Redner, aufeinander und auf das Landhaus mit der Laube, die bis an die kleine Kuppel mit Efeu berankt ist. Woher haben wir den Mut genommen, sagen ihre Augen, so weit zurückzugehen?

»Klara fehlt.« Das sagt Marietje, die Goldschmiedin.

»Wir sind wieder unter uns und jung, ungebunden.«

»Warum ist Klara nicht da?«

»Wir haben das Abitur gemacht, schieben aber vor uns her, was wir werden sollen. Jegliche Verpflichtung schreckt uns. Wir küssen bereits. Wir küssen in Kornfeldern und schlafen in Zelten und Schiffskajüten. Es ist unser letzter gemeinsamer Sommer. Mit einem ausrangierten Botter fahren wir singend und trinkend übers Ketelmeer. In Blokzijl rammen wir den Kai, und obwohl nur ein Einziger von uns am Ruder steht, teilen wir die Schuld durch acht, die Scham durch acht, den Schaden durch acht und fahren weiter, nach Friesland. Doch auf den friesischen Seen gönnen wir einander auf einmal die Verliebtheit nicht: Krank vor Missgunst erbrechen wir den Hering und den jungen Genever, danach liegen wir in unserer ersten Einsamkeit auf dem Deck und starren die Sterne an, übergeben uns wieder, diesmal vor Sehnsucht.«

Das Mädchen hat den Auftrag, nach dem letzten Wort die Musik anzustellen. Sich übergeben vor Sehnsucht, das müssen wohl die letzten Worte sein, denkt sie, was Schlimmeres gibt es nicht. Aber Pieter, der Redner, gibt mit einer Handbewegung zu erkennen, dass er noch keineswegs ausgeredet hat. Das Mädchen schenkt wieder nach und beschließt, niemals fünfzig zu werden, sondern vorher zu sterben, oder niemals mit Freunden von früher den Fünfzigsten zu feiern, oder ihn vielleicht doch mit Freunden zu feiern, aber kein Jahr, keinen Tag, keine Stunde in der Zeit zurückzugehen und keinen Kilometer im Raum. Was hat ihren Vater bewogen, diese Männer und Frauen ausfindig zu machen und in sein Haus zu holen, seine zweite Einsamkeit etwa?

Pieter wischt sich den Schweiß von Stirn und Schläfen, das Gartenzelt ändert nichts an der Schwüle, und auch der Champagner bringt keine Kühlung.

»Ich habe mir«, sagt er, »zu meinem Geburtstag kein

schöneres Geschenk vorstellen können, als dass ihr kommt, manche aus der Nähe, andere von weit her. Mein Haus und mein Garten gehören euch. Essen und Trinken sind reichlich vorhanden, und überall im Schatten stehen Stühle. Hinter der Rhododendronhecke hört heute die Welt auf, so wie sie in unserer Jugend hinter dem Horizont unseres Heimatdorfes aufhörte. Für einen einzigen Tag sind wir von jeglicher Verantwortung befreit. Wir haben auf noch keinem Gebiet unser Können bewiesen: Was wir wissen, wissen nur wir. Wir haben keine Schrammen, keine Narben, kein Gold im Mund. Unsere Nägel sind nicht brüchig, und unser langes Haar weht voll im Spätsommerwind. Wir haben noch unseren heilen Körper.«

Das Mädchen stellt die Musik an.

Die Freunde klatschen zögerlich Beifall. Fühlen sie sich tatsächlich von ihrer Verantwortung befreit, schütteln sie den größten Teil ihres Lebens von den Schultern, nur weil Pieter das sagt? Hinter der Rhododendronhecke bellt ein Hund und schreien Kinder, und ganz in der Ferne grummelt der Donner. Noch weiter weg haben sie ein Zuhause.

»Was wir wissen, wissen nur wir; man hat uns noch nicht auf unsere Lebenstüchtigkeit getestet.«

Die letzten Worte sind unverständlich, vielleicht spricht Pieter sie nicht einmal aus. Es passiert ihm häufig, dass er in seinen Rundfunksendungen den Gedanken und das gesprochene Wort durcheinander bringt. Er kann sich dann wortwörtlich an Aussagen erinnern, die der Interviewpartner oder er selbst nur in ihrer

Phantasie gemacht haben, er erinnert sich so wortwörtlich daran, dass er sie zu benutzen wagt, um Vermutungen oder Behauptungen Nachdruck zu verleihen. Er hat Talent zum Reden, zum überzeugenden Reden und zur Auswahl der passenden Hintergrundgeräusche. Er montiert gern. Aus einer Unmenge an Information zu einem Thema oder einer Person wählt er die Daten und Anekdoten aus, die in seinen Augen ein wahrheitsgetreues Bild ergeben. Er sieht sich als jemanden, der aus der Wirklichkeit die Wahrheit destilliert, um diese seinen Hörern weiterzugeben.

»Wo bleibt Klara nur?«, fragt Marietje wieder; sie hat ihren Namen noch immer nicht mittendurch gefeilt oder nachgeschliffen.

»Klara findet wahrscheinlich den Weg nicht. Ich habe gelesen, dass sie mehrmals nur mit der Sonne als Kompass durch die Sahara gezogen ist, aber wenn sie sich nicht verändert hat, bringt sie es fertig, an dem kleinen Kreisverkehr bei Hollandsche Rading falsch abzubiegen.«

»Meine größte Angst ist, dass ich mich verirren könnte.« Gerbrand hätte sich die Zunge abbeißen können. Er, der Schweigsamste, offenbart nach über dreißig Jahren Trennung von seinen Freunden schon in der ersten Stunde des Wiedersehens seine tiefste Angst. »Sich verirren, steuerlos stromabwärts treiben, das andere Ufer nicht mehr sehen«, erklärt er. »Ich habe eine Fußgängerfähre über die Waal.«

Pieter hat sich mit der Unterbrechung seiner Begrüßungsrede abgefunden und legt den Arm um Ada. Sie war für ihn am einfachsten zu finden, sie wohnt nach wie vor in ihrem Elternhaus. Ihre Mundart von damals ist ihre Mundart von heute. Dieser Körper, denkt er, während er sie an sich zieht, hat ganz bestimmt problemlos viele Kinder hervorgebracht. Ihr Haar riecht noch genau wie früher nach gemähtem Gras, ihre Haut nach Gartenkräutern und Tomaten.

»Eine Fußgängerfähre über die Waal?«

Gerbrand nickt. »Von Ufer zu Ufer. Seit fast zwanzig Jahren. Dreimal die Stunde, außer wenn keine Radfahrer oder Fußgänger da sind. Außer wenn es stürmt oder wenn der Fluss zugefroren ist, wenn sich das Eis staut.«

Joost, derjenige, mit dessen Kommen am wenigsten zu rechnen war, lacht auf.

»Fast zwanzig Jahre von Ufer zu Ufer, dreimal die Stunde, jeden Tag!«

Er schlägt Gerbrand auf die Schulter.

»Hast du schon mal ein Foto vom Sambesi gesehen? Dieser Fluss ist mir so vertraut wie dir die Waal. Da schwimmen jede Menge Kaimane drin. Es ist schwierig, ans Ufer zu kommen, ohne dass sie einen angreifen.«

Gerbrand fragt nicht, wie es Joost dennoch gelungen ist, er stellt nie die nächstliegende Frage. Jetzt fragt er, wie groß ein Kaiman durchschnittlich ist und welche Baumart sich am besten zum Kanu aushöhlen lässt. Was Joost ins Stromgebiet des Sambesi verschlagen hat, wird er später erfahren, davon ist er überzeugt. Männer erklären ihr Leben immer, wenn man nicht danach fragt. In zwanzig Jahren Fährdienst haben sich eine ganze Reihe Männerleben nach außen gekehrt, meist mit wenigen Worten, mit einem Vorfall, einem Ereignis aus dem Leben eines anderen, eines Nachbarn, eines Freundes oder Schwagers, aber Gerbrand konnte am Tonfall hören, dass die ins Wasser starrenden Männer von sich selbst und ihrem eigenen Glück oder ihrer eigenen Verzweiflung sprachen.

Das Mädchen hat die Champagnergläser abgeräumt. Auf dem improvisierten Tisch unter dem Gartenzelt stehen jetzt Platten mit Räucherlachs und Knochenschinken. Der Wein kommt aus Sardinien. Aus den Verstärkern auf dem Treppenpodest klingt die Musik, zu der die Freunde einst bis zum Umfallen getanzt haben.

Cecilia, die seit ihrer Ankunft an einer alten Buche lehnt, ist mit Johan ins Gespräch gekommen. Sie konzentriere sich bei ihrer wissenschaftlichen Forschung auf die Funktionen der rechten Gehirnhälfte, sagt sie, aber Johan versteht sie nicht. Seit seinem neunzehnten Lebensjahr hat er hauptsächlich Englisch gesprochen, australisches Englisch. Er hat Mühe, in seiner Muttersprache die Worte zu verstehen, die in seiner Jugend in dem fünfundzwanzig Kilometer entfernten Dorf nicht benutzt wurden, Hirnlappen zum Beispiel, Zirbeldrüse, limbisches System, diese Worte seien auf einem Bauernhof nicht vorgekommen.

Cecilia lacht. »Tiere haben auch ein Gehirn!«

Aber Johan hat sich auf das Allerkörperlichste verlegt, auf Züchten, Schlachten, Scheren. Wenn er sein Vieh zusammentreibt, sieht er nur Beine, Flanken, Geschlechtsteile und Köpfe, die er nicht in eine rechte und linke Hälfte unterteilt, sondern als unteilbares Ganzes auf sich zukommen sieht, so nahe heran, dass er vom Rücken seines Pferdes aus das Lasso um die Hörner werfen kann und Unterwerfung erzwingt, so nahe heran, dass er in der roten Staubwolke fast erstickt, in der tausende Merinoschafe wirbelnd von den Kelpies aufgescheucht werden, die er abgerichtet hat, ohne zu wissen, in welchem Teil eines Tierkopfes der Gehorsam angesiedelt ist.

Auch er muss jetzt lachen, wendet dann aber lachend das Gesicht von Cecilia ab, weil er den rötlichen Streifen aus dem Ausschnitt ihres Kleides hervorschauen sieht, einen Streifen, den er nicht bemerkt hätte, wenn sie nicht so weit zurückgelehnt an der Buche stünde und er nicht sofort die vertraute Nähe von früher gesucht hätte. Er war der erste und seines Wissens auch der einzige von den Jungen, der Cecilia hatte küssen dürfen, er weiß noch genau, wo er mit ihr lag und wie der Abend roch. In Australien hat er immer dann an diese ersten Küsse gedacht, wenn die Tiere sein Leben so sehr beherrschten, dass er fast vergaß, was eine Frau ist, wie anders als ein Mann eine Frau doch ist, wie viel Angst man vor einer Frau haben kann und wie viel Angst, dass man sie mit den Händen oder dem eigenen Körpergewicht kaputtmacht und wie man sie mit einem falschen Wort oder mit Schweigen oder mit überhaupt nichts zum Weinen bringen kann.

»Du bist noch genauso schön, Cecilia«, sagt er.

Cecilia schüttelt den Kopf und bittet ihn, ihr ein Glas Wasser zu bringen. Sie ist müde. Sie verträgt die Hitze nicht. »Wenn dieser Wind doch nur stärker würde«, sagt sie. »Wenn doch nur ein Sturm daraus würde.«

Niemand hatte damit gerechnet, Joost hier zu sehen. Er leidet nicht unter der Hitze von Hollandsche Rading, weil er viele Jahre in einem Land gelebt hat, in dem es kaum Jahreszeiten gibt, in dem das Leben ein einziger langer schwüler Tag und eine einzige lange schwüle Nacht ist. Er sitzt auf der Freitreppe und trinkt viel zu hastig, nachdem er Gerbrand erzählt hat, weshalb er auf dem Sambesi Bootsfahrten unternommen hat und wie er zwischen den Kaimanen hindurch ans Ufer gekommen ist. Weil Gerbrand nichts weiter fragte, hat er ihm erklärt, was er am Ufer zu suchen hatte und wer landeinwärts auf ihn wartete. Seit seiner Rückkehr vor ein paar Jahren spult er immer und überall dieselbe Geschichte ab, um sich anschließend in sich selbst zurückziehen zu können. Mosambik. Kaimane. Das verschlägt jedem die Sprache. Und das ist auch seine Absicht, erst recht auf Festen wie diesem. Er will in Ruhe gelassen werden. Er darf gar nicht daran denken, dass Gerbrand ihn mit seinen eigenen Geschichten belästigen könnte, mit einem absinkenden Kai zum Beispiel, mit schlechter Sicht, einer Havarie auf der Waal, oder Pieter, man stelle sich vor, Pieter erzählte ihm von seinen Abenteuern als rasender Reporter, er könnte seine Ungeduld nicht verbergen. Von der Freitreppe aus sieht er das Mädchen mit zwei neuen Platten kaltem Braten aus dem Haus kommen. Er will sie rufen, weiß aber ihren Namen nicht. In Mosambik konnte er namenlose Mädchen und Frauen mit einem

Zungenlaut herbeirufen, das taten dort alle Männer, sie pressten die Zungenspitze von hinten an die Schneidezähne und machten tsss, dann änderten die Frauen die Richtung, blickten über die Schulter und entschlossen sich weiterzugehen oder stehen zu bleiben. Er hätte nicht nach Hollandsche Rading kommen sollen, er ist zu weit in der Welt gewesen, um sich auf einem Treffen von Jugendfreunden noch wohlfühlen zu können. Er hat zu viel gesehen, zu viel gehört, zu viel erlebt. Er ist ein Überlebender; unter seinem Hemd in Höhe der Milz findet sich der Beweis dafür, und wenn man vom Gedächtnis ein Röntgenbild machen könnte, wäre auch darauf eine Beeinträchtigung zu sehen. Er grinst und wiederholt leise Pieters Frage: »Habt ihr unseren vorsichtigen Dorfblick den Verlockungen der Stadt angepasst, habt ihr gelernt, mit der Angst vor Feuer und durchgehenden Pferden zu leben?«, und er gibt sich selbst die Antwort: »Ja, damit zu leben habe ich gelernt, aber jetzt habe ich Angst vor durchgehenden Menschen.« Wieder grinst er. Das Grinsen hat nichts mit seiner Herkunft oder mit dem hastigen Trinken zu tun. Es ist eine Lebenseinstellung. Grinsend hat er sich den Verlockungen angepasst.

»Wo Klara nur bleibt?«, fragt Marietje wieder. Sie geht bis ans Ende der Zufahrt und schaut die Straße entlang. Vielleicht hat Klara einen Unfall gehabt. Vielleicht fährt sie heute so, wie sie früher ging, nachlässig, abwesend, als wäre sie allein auf der Welt. Marietje hat für sie einen silbernen Armreif in Form eines gebogenen Blumenstängels gefertigt, die Blüte ist ein gefasster fassettierter Saphir, der im Sonnenlicht in allen Blautönen schimmert. Aber warum hat sie in ihrer Werkstatt so viele Stunden für Klara gesägt und gelötet und poliert, warum nicht für Ada oder für Cecilia, mit denen sie doch auch sehr vertraut war? Auf einmal empfindet sie Verlegenheit wegen des Armreifs. Wann soll sie ihn überreichen, mit welchen Worten, mit welcher Geste, und wie wird Klara, die sich von allem losgesagt hat, auf so ein intimes, wertvolles Geschenk reagieren? Sie eilt zurück zum Rasen, als fürchtete sie, von einer Fremden eingeholt zu werden, die sie von sich stößt, trotz oder gerade wegen dieses Armreifs, wegen dieser aufgenötigten Anhänglichkeit. Sie setzt sich neben Joost auf die Freitreppe.

»Bist du verheiratet oder lebst du allein?«, fragt sie ihn.

Er zuckt mit den Schultern. »Was heißt verheiratet, was heißt allein.«

»Ich lebe allein«, sagt Marietje nach einer Weile. »Ich war verheiratet, zweimal. Von meinem ersten Mann habe ich ein Kind.«

Der Wind hat sich des Nachmittags bemächtigt. Das Gartenzelt, das die Männer von der Verleihfirma straff an den Aluminiumstangen festgespannt haben, flattert nun so laut, dass es die Musik übertönt, und die Zweige der Buchen bewegen sich wie Fächer. Die Frau mit dem längsten Haar ist am schönsten, die tiefste Männerstimme trägt am weitesten. Hoch am Himmel treibt der Donner näher heran. Amseln gehen dem Regen voraus.

Als Joost sich von Marietje abwendet, sieht er, dass

Pieter den Kassettenrekorder, den er schon eine ganze Weile in den Händen hatte, möglichst unauffällig zwischen zwei Blumenvasen auf die Tafel stellt, und er hört ihn zum soundsovielten Mal sagen: »Wir sind unter uns, jung und ungebunden.« Was will er bloß mit dieser Lüge, denkt Joost. Er merkt, dass von den anderen niemand zuhört, aber das scheint Pieter nicht zu kümmern, er redet einfach weiter: »Das Leben lässt sich noch erweichen. Lässig und kraftvoll setzen wir unseren Willen durch und fahren mit dem ramponierten Botter aufs Ijsselmeer hinaus. Wir haben uns abgewöhnt, uns vor Sehnsucht zu übergeben, wir sehnen uns bereits, ohne es nach außen hin zu zeigen.«

Das Mädchen läuft ins Haus, um die Musik lauter zu stellen. Joost sieht, dass Pieter sich darüber freut, er scheint sich sogar über ein unmotiviertes Lachen zu freuen und über die Ausrufe der Verwunderung, es ist, als wollte er Geräusche hören, so viele Geräusche wie nur möglich, damit bei seinem Treffen nur ja keine Stille eintritt.

Cecilia lehnt nach wie vor am Stamm der Buche, und von dort sieht auch sie, dass der Gastgeber einen Rekorder zwischen die Blumen gestellt hat, und von den Festgeräuschen bestärkt seinen Monolog zu beenden versucht.

»In Enkhuizen gehen wir von Bord.«

Nur Ada blickt auf. Enkhuizen war damals für sie sehr weit weg.

»In Enkhuizen gehen wir von Bord, um trunken von Meer und Himmel an die Liebe zu denken.«

Johan denkt an seinen Viehbestand, während er mit beneidenswertem Geschick Schinken abschneidet. Im Südwesten Australiens hat es fast ein halbes Jahr nicht mehr geregnet. Als er vor ein paar Wochen nach Holland aufbrach, waren sämtliche Brunnen ausgetrocknet, die Windmühlen und auch die Pumpen schafften es nicht mehr, Grundwasser nach oben zu fördern. Die meisten seiner Angusrinder hat er bereits ins Schlachthaus bringen müssen, und auch da hat er unterwegs an Frauen gedacht, an eine Frau im Besonderen, an Cecilia, mit der er am Deich bei Enkhuizen gelegen hatte und die weinte, ohne dass er wusste warum, deshalb hatte er geglaubt, etwas in ihr kaputtgemacht zu haben.

Von Enkhuizen, will Gerbrand sagen, kommt man mit dem Fährboot nach Urk. Aber er schluckt die Worte hinunter. Er will verhindern, dass seine Jugendfreunde in ihm einen monomanen Schiffer sehen.

Joost sitzt noch immer auf der Freitreppe und trinkt. Er hat Marietje verjagt, indem er keine ihrer Fragen beantwortet, sondern immer nur mit den Schultern gezuckt hat. Das macht er auch, als er Pieter das Wort Enkhuizen aussprechen hört. Er kann Enkhuizen nur noch mit seinen heutigen Augen sehen, mit den Augen, die so viel gesehen haben, dass er sie hin und wieder gern schließen würde, mitten am Tag, mitten auf der Straße, hier, jetzt. Seine Augen sind so voll von dem, was er im Stromgebiet des Sambesi gesehen hat, dass kein Bild von einem Hafen oder Deich mehr Platz hat, auch kein Bild von Champagnerkühlern und Gartenzelten, auch nicht von der einstigen Unschuld. Unschuld ist Joost unerträglich.

Der Wind weht allmählich stärker, und die ersten Tropfen fallen.

Was machen Ort und Zeit mit uns, will Pieter sich selbst in der Nähe des getarnten Mikrofons laut fragen, spielt es für euer Glück eine Rolle, woher ihr kommt und wohin ihr geht, hättet ihr ein ganz anderes Leben führen können, wenn ihr jemand anderen geheiratet hättet? Aber da ist Marietje wieder, sie nimmt ihn am Arm und zieht ihn mit unters Zelt.

»Wenn Klara sich nicht beeilt, kommt sie ins Gewitter«, sagt sie. »Von uns acht hatte sie am meisten Angst vor Blitzen. Im freien Feld hat sie sich beim ersten Wetterleuchten flach auf den Bauch fallen lassen und ist nicht mehr aufgestanden, bis das Unwetter vorbeigezogen war. Als wir auf dem Ijsselmeer waren, ist sie vor Angst außer sich geraten, sie hat geglaubt, der Blitz würde in ihr Gehirn einschlagen, sodass sie nicht mehr denken und sprechen könnte. Wir mussten abwechselnd ihren Kopf halten, abwechselnd haben wir uns zum Schild gegen die Gefahr aufgeworfen, wir haben fast gekämpft um die Ehre, die Verletzlichste unter uns beschützen zu dürfen. Kaum ein Jahr später ist sie ganz allein in die Welt hinausgezogen.«

Sie sieht die Regentropfen in den Sand der Zufahrt platschen, sie sieht in ihnen silberne Tränen, die sich von dem Armreif für Klara gelöst und ihn dadurch zerbrechlich gemacht haben. Auch den Saphir sieht sie in den Sand fallen.

Der erste Donnerschlag ist für Cecilia noch kein Grund, ihren Platz unter der Buche zu verlassen. Offenbar braucht sie den Baum.

»Warum fährt niemand Klara entgegen?«, kommen nun Rufe von mehreren Seiten.

»Weil niemand weiß, woher sie kommt!«

Für Ada ist nichts unbegreiflicher als eine Frau ohne festen Wohnsitz. Ihre Kinder sind im selben Haus geboren wie sie, im selben Bett. Die Landschaft, die sie zu Hause vor dem Fenster sieht, ist die ihrer Jugend, und dieselbe Landschaft wird sie sehen, wenn es ans Sterben geht. Sie hat ihre Eltern und ihren Mann stets geliebt, und sollten sich ihre Kinder je gegen sie und ihre Beständigkeit auflehnen, wird sie sie auch dann nicht loslassen. Aber Klara lässt immer alles los, hat sie gehört, Klara geht ohne Haus und Mann und Kinder durchs Leben. Wenn sie nichts oder niemanden zurücklässt, welchen Grund hat sie dann, sich vor Blitzen zu fürchten, sich vor irgendetwas zu fürchten; wer allein lebt, müsste dem Tod gegenüber gleichgültig sein.

Die rechte Gehirnhälfte. Johan hat diese Worte heute Nachmittag fehlerfrei aussprechen gelernt und weiß nun auch, was er zu verlieren hat, wenn er mit der rechten Seite des Kopfes auf den ausgetrockneten, hart gewordenen Boden oder an einen Eukalyptusbaum schlägt. Der feurige Streifen, der aus dem Ausschnitt von Cecilias Kleid hervorlugt, ist links. Er sieht aus wie ein Pfeil, den ihr Herz abgeschossen hat.

»Du bist noch immer genauso schön, Cecilia«, sagt er wieder.

Cecilia wischt sich lächelnd die Schweißperlen vom Gesicht.

Das Mädchen bittet niemanden, ihr rasch beim Hineintragen der Platten und Getränke zu helfen, denn sie will von der Welt ihres Vaters getrennt bleiben. Wie er versucht, das herauszubekommen, was er Wahrheit nennt; wie er da jetzt, umringt von alt gewordenen Jugendfreunden, allein steht und über früher redet, alle Sätze in der Mehrzahl – wir, wir, wir – als würden alle acht dasselbe denken und fühlen, weil sie aus demselben Dorf kommen, wie er immer und überall alles allein macht. Kein Wunder, dass ihre Mutter in seiner Gegenwart vereinsamt und eines schönen Tages fortgegangen ist, ohne irgendetwas mitzunehmen, das an ein Miteinander erinnert hätte. Alben mit Geburtstags- und Urlaubsfotos, Kaufverträge, Bücher mit Unterstreichungen und Anmerkungen am Rand, Auszüge von gemeinsamen Bankkonten, alles hat sie zu Hause gelassen. Auch sie, das Kind.

Dann bricht das Gewitter über ihnen los. Sie flüchten ins Landhaus, bevor die Windhose durch den Garten fegt und mühelos sowohl eine junge Weißbirke als auch eine der Zeltstangen aus dem Boden reißt. Sie lassen alles zurück. Auch das Heute.

Pieter flüchtet als Letzter. Er ist der Kapitän des Schiffs.

Sie haben sich nebeneinander auf den Boden gesetzt, so wie sie vor dreißig Jahren auf dem Deck des Botters saßen. Bei jedem neuen Donnerschlag legen sie einander die Arme fester um die Schultern: Sie befinden sich im Auge des Sturms. Über das Donnern hinweg singen sie: *We all live in a yellow submarine* und spüren die Wärme von Körpern, die noch keine Narben haben. Sie küssen sich. Sie sehnen sich, gleich werden sie sich nicht vor Angst oder Trunkenheit übergeben, sondern vor Sehnsucht, und danach in ihrer ersten Einsamkeit die Sterne anstarren. Sie haben ihr Können noch nicht unter Beweis gestellt. Alle Richtungen stehen ihnen noch offen.

Nur das Mädchen bemerkt die verregnete Frau, die ein halbe Stunde später ans Erkerfenster klopft.

»Der Sommer ist vorbei«, sagt sie. Sie schaudert.

Das Mädchen nickt und gibt ihr ein Handtuch und zu kleine trockene Kleider, ja, der Sommer ist vorbei. Der Herbst hat eingesetzt. Plötzlich. Mit Gewalt.

Teil 2

1

Wenn jemand Pieter vor ein paar Monaten nach dem Sinn seines Lebens gefragt hätte, wenn jemand ihn rundheraus gefragt hätte, was seinem Leben fünfzig Jahre lang Richtung und Bedeutung gegeben habe, dann hätte er keinen Moment zu überlegen brauchen, sondern noch bevor der andere zu Ende gesprochen hätte die Antwort formuliert: »Geräusche, Geräusche, in welcher Form und Intensität auch immer, Dröhnen, Knirschen, Musik, Worte, alles was die Stille durchbricht.«

Er ist für Geräusche geboren. In einem Haus, in dem gedämpft geredet, gelacht, geflucht, gelebt wurde. Offene Uhrwerke vertragen keine Störung, und in seinem Elternhaus befanden sich die gesammelten kaputten Uhren des Dorfes, auseinander genommene Stutzuhren und Pendeluhren, Taschen- und Armbanduhren, die sein Vater mit einer feinen Pinzette zerlegte, um sie später Rädchen um Rädchen, Federchen um Federchen wieder zusammenzusetzen. Das Haus beherbergte das Allerwertvollste, die Zeit. Deshalb war Stille geboten.

Am Arbeitstisch durfte sein Vater von nichts und niemandem erschreckt werden. Ein unerwartetes Heben der Stimme hätte seine Hände zittern lassen, woraufhin ein winziges verschobenes Goldstäbchen die Zeit verzögert, beschleunigt oder angehalten hätte, sodass auf den Tag, das Leben kein Verlass mehr gewesen wäre. Das Radio wirkte sich fast immer verheerend aus, und die Sirene, die vom Dach des Getreidesilos der landwirtschaftlichen Genossenschaft ein Feuer oder Heugärung verkündete oder durch ein Versehen zu heulen begann, hatte fatale Folgen.

Innerhalb der Reichweite der Sinne seines Vaters musste alles still und unbewegt sein, aber nur seine Mutter wusste, wie weit diese Sinne reichten, wie empfindlich sie mit der Zeit geworden waren. Indem sie auf Zehenspitzen ging und den Zeigefinger an die Lippen hielt, wachte sie über die Ruhe. Ihre Kinder, Pieter und seine drei Brüder, trieb sie nach der Schule in den Garten hinterm Haus oder auf die Straße, oder sie gab ihnen zusätzliche Hausaufgaben, weil die Schule, so sagte sie, nicht genug an Allgemeinbildung zu bieten habe. Sonntags aber wurde im Haus geschrien, gestolpert und gerauft, eine Kleinigkeit konnte einen Riesenkrach auslösen, den seine Mutter mit einem voll aufgedrehten Violinkonzert von Beethoven zu schlichten versuchte, während sein Vater die Arme schwenkte, als wäre er der Dirigent des Orchesters. Sonntags durften die Freunde zum Essen kommen, aber sie fanden die Atmosphäre im Haus merkwürdig, das sah Pieter an ihrem Blick, das hörte er an ihrer Stimme, und deshalb schlug er meist vor, zum Bach zu radeln oder hinter der Umkleidekabine am Fußballplatz ein Feuerchen zu machen.

Seit seiner Kindheit sind Geräusche der Kern seines Daseins. In den letzten Monaten jedoch ist dieser Kern ins Wanken geraten. Pieter hat sich dabei ertappt, dass er manchmal, vor allem, wenn er müde ist, nach einer Verschnaufpause von dem Lärm verlangt, den er selbst erzeugt oder selbst in sein Haus und ins Studio holt. Es ist auch vorgekommen, dass er sich beim Anhören der Aufnahmen für seine wöchentliche Rundfunksendung von der eigenen Stimme bedrängt fühlte, obwohl er doch beim Sprechen seines Kommentars keine Sekunde an der Bedeutung seiner Worte zweifelte und davon überzeugt war, den richtigen Ton getroffen zu haben.

Er war in Groningen wegen einer Reportage, als ihm zum ersten Mal auffiel, dass er Lärm mied, statt ihn zu suchen. Es war warm an jenem Tag, ungewöhnlich warm für den Norden des Landes. Die Studenten hatten eine Protestkundgebung organisiert, und aus irgendeinem Grund, den er vergessen hat, hatten sich die Arbeiter der Stadtwerke hinter sie gestellt. Er musste Fragmente der Reden des Studentenführers und eines Müllmannes aufnehmen, anschließend so viele Hintergrundgeräusche wie nur möglich, über die hinweg er seinen Kommentar würde sprechen können. Es lag nahe, die Feuerwehrautos aufzunehmen oder sich eine Zeit lang auf die Müllkippe zu stellen, wo Container voller Flaschen geleert wurden, oder auf dem Rangiergelände durch Mark und Bein gehende Straßenbahngeräusche aufzuzeichnen. Aber er war mit voll aufgedrehtem Mikrofon einer Coladose hinterhergerannt, die der Wattenwind über das Straßenpflaster trieb, von einer einzigen leeren Dose hatte er sich aufscheuchen lassen, und am späten Nachmittag hatte er auf dem Rathausplatz nicht die Parolen der protestierenden Menge festgehalten, sondern den zornigen Aufschrei eines Einzelnen.

Auf einer anderen Reportagereise ein paar Wochen später hatte er es versäumt, bei einem Interview mit einer Tänzerin in einer Kneipe die Musikbox laufen zu lassen. Er ertappte sich dabei, dass er der Frau zuhören wollte, wirklich zuhören wollte, obwohl er seine Fragen in einer bestimmten Reihenfolge aufgeschrieben und sich wie immer vorgenommen hatte, davon nicht abzuweichen. Er lauschte und ließ zu, dass das Gespräch eine Wendung nahm, auf die er nicht gefasst war, er musste ihre flüchtigen Antworten aufgreifen, sodass er ein paar Mal nichts zu sagen wusste. Zu Hause in seinem Studio hatte er über die hörbar gespannten Phasen der Stille Gitarrengeklimper montiert.

Auch bei der Hafenreportage war er nicht er selbst. Er machte eine Sendereihe übers Abschiednehmen; nach den Krankenhäusern und den Bahnhöfen waren die Häfen an der Reihe. Er befragte Matrosen und Fischer, einen Kapitän, einen Hafenlotsen. Anschließend hatte er mit den Zurückbleibenden auf dem Kai sprechen wollen, er hatte sich darauf vorbereitet, möglichst unauffällig die Abschiedsworte, die Ratschläge und das Weinen Liebender aufzunehmen. Hintergrundgeräusche gab es in Hülle und Fülle: Trossen wurden gelöst, Stege eingezogen, Meerwasser schwappte an einen Bug, eine Schiffshupe gab das Abfahrtsignal. Aber was hat er aufgenommen? Möwen, Möwen, die das ausfahrende Schiff begleiteten. Ein einziges Geräusch. Verklingendes Kreischen.

Vor einem halben Jahr hat Judith ihn verlassen. Ohne irgendetwas mitzunehmen außer einem Koffer mit Kleidung und ihrem Cello. Nicht einmal das Landhaus kümmerte sie mehr. Sie hat auch nicht versucht, ihrer beider Tochter zum Mitkommen zu bewegen. Schweigend ist sie fortgegangen und hat nichts mehr von sich hören lassen. Sie ist oft auf Tournee, das hat er in der Zeitung gelesen, aber wo sie jetzt wohnt und bei wem, das weiß er nicht. Er weiß lediglich von ihr, dass sie seines Geredes müde war, dass sie nicht mehr verstand und auch nicht mehr verstehen wollte, wovon er in seinen Sendungen und zu Hause sprach. Sie sei taub geworden, sagte sie, für seine Geräusche; nur Musik erreicht sie noch, aber dafür braucht sie ihn nicht, Musik macht sie selbst.

Nach zwanzig Jahren Ehe hat er sie widerstandslos gehen lassen. Er hat ihr sogar das Gittertor der Zufahrt aufgemacht. Mit der gleichen Geste, mit der sein Vater früher sonntagnachmittags ein nicht vorhandenes Orchester dirigierte: zu ausladend für die Leere, zu ausladend für die Wirklichkeit. Er hat ihr nachgewinkt. Kein liebender Ehemann hätte das getan, er schon, und er hat ihr auch noch etwas nachgerufen. Nicht »wohin gehst du«, nicht »komm bitte zurück«, sondern Worte, die nichts mit dem Geschehen zu tun hatten.

Er stürzte sich in seine Arbeit. Judith fehlte ihm nicht wirklich, weil sie die letzten Jahre still und in sich gekehrt war, das verdross ihn. Auch wenn die Welt in Flammen stand, auch wenn er selbst in Flammen stand, konzentrierte sie sich ganz und gar auf ihr Innenleben und spielte so verzückt auf ihrem Cello, dass sie ihm oft unsensibel erschien. Er schraubte sein Arbeitstempo höher. Seine Kommentare wurden schärfer. Er hatte das Gefühl, dass er in der Medienwelt noch besser zur Geltung kam, denn nachdem er so viele Jahre von einem Thema zum anderen gesprungen war, begann er endlich, das eigene Terrain abzustecken: Lebensfragen statt Politik, die Niederlande statt der Welt; am liebsten hätte er die Provinz Utrecht auf Glück und Unglück durchleuchtet. Wenn seine Tochter bei einer Freundin übernachtete, arbeitete er durch bis spätabends. Die Stimme, die er dann in den dunklen Fluren oder in seinem Schlafzimmer zu hören meinte, übertönte er mit Pfeifen und Singen. Oder mit Anrufen bei Kollegen, bei einer Freundin.

Frauen sind seltsame Wesen, hat er in letzter Zeit oft gedacht. Alle Frauen, angefangen bei seiner Mutter und dann Judith, die Rundfunkfrauen, die Freundinnen und sogar seine achtzehnjährige Tochter hatten oder haben ein seltsames Verhältnis zum Leben und ein noch viel seltsameres Verhältnis zum gesprochenen Wort. In einem der stillen Hotelzimmer hat er dagelegen und gedacht, dass sie zu viel Gewicht darauf legen, sodass für sie fast alles unaussprechbar, unbenennbar, unauflösbar wird und im Sumpf ihrer Gefühle versinkt. Frauen, hat er gedacht, können ihr Leben und ihre Worte nicht wie er durch die Luft schleudern und an einem beliebigen Ort niedergehen lassen, vor den Füßen oder in den Gehörgängen Unbekannter, auf einem Balkon zwischen Geranientöpfen, in lichtdurchfluteten Wohnzimmern, im freien Feld. Sie schleudern nichts auf gut Glück durch die Luft. Sie packen ihr Leben und ihre Worte mit Gefühlen und Bedeutung voll und tragen sie zu einem Ziel, immer, auch wenn sie gebückt gehen müssen, auch wenn sie unter ihrer Last schier zusammenbrechen. Und sie wahren keine Distanz; wenn sie reden, verstricken sie sich, sie flechten sich durch alles und jeden in ihrem Leben hindurch, aber wenn sie sich später aus der Verstrickung befreien wollen, gehen sie vom Reden zum Schweigen über; statt zu bleiben, flüchten sie.

Dennoch kennt er eine Frau, die anders ist: die Tänzerin in der Kneipe mit der Musikbox, in die er keine Münzen geworfen hat. Sie legte gar kein Gewicht auf das Leben und das gesprochene Wort, sie schien auf gut Glück zu reden und zu leben, sie packte nichts mit Sinn und Bedeutung voll, weil sie davon überzeugt war, dass alles einen eigenen Sinn und eine eigene Bedeutung hat, die sich nicht mit Worten ausdrücken lassen, sie lachte über sich und über ihn und über die Wahrheiten, die er mit dem Mikrofon in der Hand suchte. Da hatte er zum ersten Mal die eigene Schwere gespürt, da schien es, als wäre er derjenige, der gebückt ging, viel zu gewichtige Worte aussprach und ein viel zu fest umrissenes Ziel hatte, und er war derjenige, der mit der Distanz nicht zurechtkam und die Frau über den Kneipentisch hinweg an sich hatte ziehen wollen, sich beim Abschied an ihr hatte festklammern wollen. Aber sie war leicht wie eine Feder, sie war schon davongesprungen, bevor er sie fragen konnte, ob sie mit ihm essen gehen wolle, bevor er ihr seine Adresse und Telefonnummer hatte geben oder nach der ihren hatte fragen können.

Was sind Frauen doch für seltsame Wesen, denkt er in letzter Zeit oft. Sie bringen einen Mann ins Wanken. Ins Zweifeln darüber, wer er ohne sie ist.

»Pieter!«

Er schreckt auf. Wer ruft ihn, seine Tochter? Oder ist Judith wieder zu Hause?

Er will etwas antworten, aber aus seiner Kehle kommt kein Laut. Er muss wohl oder übel schweigen.

Er muss auch still sitzen: Heute hat er nichts zu montieren. Alle Bänder sind leer. Der Schneidetisch ist abgeschaltet. Das Mikrofon ebenfalls.

Er sitzt da, den Kopf in die Hände gestützt, und merkt, wie ihm langsam der Schweiß ausbricht. In ein paar Monaten wird er fünfzig. Er wird alt. Aber er ist noch gesund. Er macht Überstunden, ohne dass es ihn erschöpft. Er braucht nicht einmal eine Brille. Er könnte noch mehrmals pro Nacht eine Frau lieben. Die Klaue, die er manchmal um sein Herz spürt, erschlafft immer, bevor er wirklich in Panik gerät. Er trinkt, aber um zu vergessen, nicht weil sein Körper danach verlangt. Wenn seine Stimme in letzter Zeit heiser klingt, dann kommt das einzig und allein vom Rauchen. Sein Gehör hat trotz der Geräusche, die tagein, tagaus auf sein Trommelfell einstürmen, nicht nennenswert nachgelassen. Lärm verträgt er nicht mehr so gut, aber das hat keine körperliche Ursache, das ist ein Gefühl, das nichts mit dem natürlichen Verfall zu tun hat.

»Pieter.«

Niemand spricht seinen Namen aus, das weiß er; er bildet sich bloß ein, dass da jemand ist, der nicht ohne ihn auskommt. Das Haus ist leer. Die Türen sind zu. Das Gittertor der Zufahrt ist noch abgeschlossen.

Er wird fünfzig. Das ist kein Alter mehr, in dem man in dunklen Fluren und Zimmern übertrieben laut singt oder pfeift, und noch kein Alter, in dem man Selbstgespräche führt, sich selbst überzeugt, dass man Recht hat, sich selbst erzählt, was man hört und sieht und was einen nachdenklich macht. Mit fünfzig kommt man nicht ohne Resonanzboden aus, davor vielleicht schon, danach vielleicht auch wieder, aber das halbe Jahrhundert erfordert Besinnung, und Besinnung – daran zweifelt er nicht – erfordert Fragen und Antworten, ein Gespräch.

Den ganzen Morgen schon sitzt er am abgeschalteten Schneidetisch und hat die Augen geschlossen. Aber die Ohren verschließen kann er nicht, nicht vor der Coladose, die übers Straßenpflaster irgendeiner Stadt scheppert, auch nicht vor den Möwen, die kreischend in seinem Kopf ein und aus fliegen, und nicht vor der

Gitarre, die mit ihrem Klimpern eine ständig wiederkehrende Stille kaschiert. Er kann diesen Geräuschen nicht entrinnen. Er kann sich selbst nicht entrinnen.

Links in der Brust spürt er, wie die Klaue nach seinem Herzen fasst, sich aber wieder zurückzieht, nachdem er minutenlang tief durchgeatmet hat. Er wischt sich mit seinem Taschentuch Stirn und Handflächen trocken.

Dann aber springt er auf. Warum sollte er sich in einem Gegenstand, in einem Tier, im Leben anderer hören, warum macht er nicht sein eigenes Leben zum Thema? Warum macht er keine Sendung über das, was ihm nun schon seit Monaten den Schlaf raubt und ihn zum Trinken und Rauchen bringt: fünfzig werden, nicht mehr jung sein? Dass er daran nicht früher gedacht hat, eine Montage seiner selbst von der Jugend bis heute, um die Wahrheit über sein Leben herauszufinden. Um zu entdecken, was die Zeit mit ihm gemacht hat.

Er schwitzt nicht mehr, für heute hat er die Leere und die Stille überlistet. Er hört sich nicht nur über die Pflastersteine rollen und hinter einem Boot herfliegen, sondern auch Uhrwerke durcheinander bringen, Fensterscheiben mit dem Sonntagsfußball eintreten, Frauen beeindrucken, Judith Treue geloben und ihr von den Sendungen berichten, die er noch machen muss und bereits gemacht hat, während sie die Cellosonaten von Debussy spielt. Er *hört* sein Leben. Es steckt eine Geschichte darin.

Er beginnt rastlos auf und ab zu gehen. Um das Leben eines einzelnen Menschen zu montieren, hat er immer die Leben der Menschen in dessen Umkreis gebraucht: Familienangehörige, Nachbarn, Kollegen, frühere Freunde, heutige Freunde. Manchmal benutzte er sie als Beleuchtung, manchmal als Vergleichsmaterial oder Eichmaß, fast immer als Hintergrundgeräusch, als Rauschen. Er trommelt mit den Fingern auf seinen Schreibtisch. Das Entstehen einer jeden Sendung geht mit Auf- und Abgehen und mit Getrommel einher, so auch diesmal.

Er kann seine Brüder zusammenrufen. Machen sie ihn schlauer, als er ist? Sie sind im selben erzwungenen Rhythmus wie er aufgewachsen, sie haben dasselbe Verhältnis zu Geräuschen und genau wie er ein gestörtes Verhältnis zur Zeit. Sie können sich nicht einfügen und halten keine Verabredungen ein. Sie brechen ihr Wort.

Den Kollegen beim Rundfunk wagt er nicht von seiner Idee zu erzählen. Sie gieren nach Dramen. Sie schnappen einander die ethischen Konflikte vor der Nase weg. Sie stürzen sich auf Kriege, noch bevor diese ausgebrochen sind, damit sie auch ja keine fatalen Schüsse verpassen und womöglich Dörfer in Schutt und Asche liegen sehen, ohne die Granateneinschläge und das Flammenmeer aufgezeichnet zu haben. Er sieht bereits, wie seine Idee verschleppt wird, er hört sich bereits als Rauschen oder Hintergrundgeräusch. Seine Kollegen darf er auf keinerlei Weise in seinen Plan einbeziehen, obwohl sie fast alle im gleichen Alter sind wie er. Er muss ihnen ausweichen oder einen falschen Plan vorlegen, wenn sie fragen, womit er sich beschäftige. Raben sind sie. Sie wetzen schon die Schnäbel.

Nachbarn hat er nicht. Bewohner von Landhäusern haben keine Nachbarn. Große Rasenflächen, breite Rhododendronhecken, Wassergräben und Zufahrten mit Gittertoren trennen die Anwesen voneinander. Bewohner von Landhäusern schauen nicht mal eben bei Umwohnern vorbei, um sich am Küchentisch über eine Lebensfrage zu unterhalten, sogar die Frauen bleiben für sich und starren lieber am Rand ihres Gartenteichs vor sich hin, als dass sie ein paar hundert Meter weiter um Rat oder Hilfe bitten. Nein, brauchbare Nachbarn hat er nicht. Eigentlich kennt er in ganz Hollandsche Rading niemanden näher.

Freunde hat er nur wenige. Er führt ein hektisches Leben, seine Aufmerksamkeit gilt fast ausschließlich seinen Sendungen, und weil er dafür oft verreisen muss, hat er Geburtstage und Petersilien- und Silberhochzeiten nicht mitbekommen, besser gesagt, er ist ihnen aus dem Weg gegangen, den Umtrünken, den Empfängen, den Maskeraden und Gelegenheitsgedichten, in denen ein Zipfel eines Eheschleiers gelüftet oder die komische Seite eines Charakters enthüllt wurde; in Familien- und Verwandtenkreisen hat er nie jemanden lächerlich machen und Geständnisse aufdrängen oder abnötigen müssen, nur für den Rundfunk. Seine paar Freunde sind stets auf der Hut, wenn er ihnen Fragen stellt, sie versuchen, ihm zuvorzukommen oder geben dem Gespräch, wenn es vertraulich wird, eine Wendung in Richtung Arbeit und Sachlichkeit.

Judith. Sie würde ihm genügen. Sie hat zwanzig Jahre ihres Lebens mit ihm verbracht, sie ist die Mutter seines Kindes. Wenn sie mit ihm reden wollte, könnte sie ihm den Schlüssel zu seiner Wahrheit geben. Und wenn sie nicht in Worte fassen könnte, was die Zeit mit ihm, mit ihnen angerichtet hat, dann in Musik, in der er sich selbst hören könnte. Aber Judith ist fort.

»Pieter.«

Wieder hört er eine Stimme. Nicht die seiner Tochter, nicht die seiner Frau; sie klingt von noch weiter weg.

Er atmet ein paar Mal so tief und gelassen wie möglich durch.

Es ist die Stimme von Ada. Oder die von Marietje. Oder Klara. Cecilia. Es ist die Frauenstimme von früher. Es sind die Mädchen aus der Clique. Der Clique von der Schule und vom Botter und von der ersten Liebe, von Ausbruch und Auflehnung. Die Mädchen und Johan, Gerbrand, Joost, sie alle haben ihn damals gerettet, sie haben ihn vom Terror der Stille befreit, sie haben ihn wegen der Kraft seiner Stimme und der Kraft seiner Argumente bewundert, und sie haben ihm das Steuerruder der Clique und des Schiffs übertragen, bis zum letzten Tag ihrer Jugend. Unwissentlich haben sie einen Programmmacher aus ihm gemacht.

Und dieser Programmmacher braucht nun ihre Hilfe. Sie müssen ihm ihr Leben erzählen, damit er sein eigenes versteht und eine Sendung darüber zusammenstellen kann. Seine Jugendfreunde sind die Einzigen, mit denen er sich vergleichen kann, zu vergleichen wagt. Sie sind im selben Dorf geboren. Sie haben dieselben Bücher gelesen, sie sind im selben Glauben erzogen worden und hatten dieselben Chancen. In den Ferien waren sie immer zusammen. Seine Jugendfreunde sind das ideale Eichmaß, das ideale Rauschen zu dem, was er über sich zu sagen hat. Ihre Illusionen und Enttäuschungen, ihre Wahrheiten und Lügen und Leiden braucht er, um den eigenen ins Auge sehen zu können.

Er wird sie zusammenbringen. Von allen Ecken und Enden wird er sie nach Hollandsche Rading kommen lassen. Notfalls mit dem Geld, das er von seinem Vater geerbt hat, das ist ihm ein Wiedersehen wert. Er braucht ihre Hilfe jetzt ebenso dringend wie damals, als er aus dem Uhrenhaus befreit werden musste, aber die Einladung darf nichts von dieser Dringlichkeit erkennen lassen. Die Betonung muss darauf liegen, wie bewegend ein Wiedersehen und wie interessant das Auffrischen gemeinsamer Erinnerungen doch sind. Sie dürfen nicht wissen, dass er ihre Gespräche aufnehmen wird, auch ihre Antworten auf die Fragen, die er so beiläufig wie nur möglich stellen wird, auch ihr Lachen, ihr Husten, ihr Schnaufen.

Er lässt die Bänder am Schneidetisch laufen, obwohl es noch nichts zu montieren gibt, er drückt Knöpfe, schaltet, dreht das Mikrofon auf und prüft die Lautstärke, er pfeift, singt, ruft Namen, die seiner Jugendfreunde, den seiner Tochter, den seiner Frau, die ihn verlassen hat.

Plötzlich perlt wieder Schweiß auf seiner Stirn, und

die Klaue krampft sich ums Brustbein und die Rippen links oben. Tief durchatmen verschafft seinem Herzen keine Erleichterung. Auch ganz ruhig pfeifen bringt nichts.

Wenn Judith nicht fortgegangen wäre, hätte er auch dann eine Sendung übers Älterwerden machen wollen, würde er auch dann seine Jugendfreunde zusammenrufen, um sein eigenes Leben zu rekonstruieren; wenn sie bei ihm geblieben wäre, hätte er dann auch nur einen einzigen Tag über sein Alter, seine Arbeit und seine Gesundheit nachgedacht?

»Nein«, sagt er ins Mikrofon, als hätte ein anderer ihm diese Fragen gestellt. »Wäre meine Frau nicht fortgegangen, dann wäre ich ich selbst geblieben. Dann wäre es mir gleichgültig, was die Zeit mit mir gemacht hat und was aus den anderen sieben geworden ist. Wenn sie doch nur wiederkäme.«

Er sitzt wieder wie am Morgen da, den Kopf in die Hände gestützt, und macht die Augen zu.

»Wenn du nur da wärst«, flüstert er nach einer Weile. »Wenn du nur wiederkämst.«

Lange überlegen hat keinen Sinn, lange überlegen hat für ihn nie Sinn. Er ist ein Mann der Tat, der ausladenden Gebärden, der großen Worte; nicht der breit ausgewalzten Gedanken, des Abwägens und der inneren Kämpfe, denn die kosten Tränen, kosten Zeit.

Er greift zum Telefonbuch, nimmt den Hörer ab, wählt eine Nummer und sagt: »Hallo. Hier spricht Pieter. Pieter vom Uhrenladen. Bist du das, Ada? Nein,

Kind, du hast ja die gleiche Stimme! Ist deine Mutter zu Hause?«

Seine Sendung hat begonnen. Die Produktion läuft. In ein paar Monaten wird er wissen, was sein Leben bis jetzt bedeutet hat und wie er weitermachen soll. Warum. Für wen.

Er steigt in sein Auto und gibt Gas. Das Tempo, mit dem er wie ein Geisterfahrer in seine Jugend zurückfährt, ist haarsträubend. Die Fahrt von fünfundzwanzig Kilometern Luftlinie ist seine allerletzte Auflehnung gegen den Terror der Zeit. In seinem Heimatdorf wird er die heutigen Adressen und Berufe seiner Jugendfreunde herausfinden, selbst wenn er von Haus zu Haus, von Hof zu Hof gehen und sich erkundigen muss.

Er gibt noch mehr Gas.

Die Landschaft beiderseits der Straße wird ein immer geraderer Streifen, eine Linie, die erst wieder Zacken und Unterbrechungen aufweist, als er kurz vor der überwucherten Brücke über den Barnevelder Bach das Tempo drosselt und wie ein Fremder in das stille Dorf hineinfährt.

2

Die Fähre fuhr bereits quer zum Strom, als er sagte: »Ich komme heute nicht zurück, Gerbrand, und morgen auch nicht.«

Ich fragte ihn nichts. Ich sah ihn auch nicht an. Fast zwanzig Jahre hatte ich ihn und sein Fahrrad vom einen

Ufer zum anderen gebracht, außer samstags und sonntags, an diesen Tagen wollte er der Ziegelei so fern wie möglich bleiben, dann beschäftigte er sich mit seinen Tauben und spülte sich mit Branntwein den Grus aus der Kehle.

Die Fähre schaukelte durch den Wellenschlag eines Lastkahns mit Eisenerz, als er sagte: »Ich bleibe fort.«

Der Deich, an dem er mit seiner Frau wohnte, lag hinter uns, der Deich, auf den wir zusteuerten, begrenzte das Niemandsland, aus dem links der Ziegeleischlot und rechts der Kirchturm aufragte, und dazwischen lagen, unsichtbar, die Lehmgruben und die aufgestapelten Backsteine und die Betonblöcke. Er hielt sein Rad an der Stange fest, wie gewohnt starrte er beim Sprechen ins Wasser. Er trug seine Arbeitskluft, hatte seine Arbeitsmütze auf, aber in der Satteltasche sah ich einen zusammengefalteten Mantel.

»Sind deine Tauben gestern zurückgekommen?«, fragte ich.

»Ich bleibe fort«, sagte er, »an beiden Ufern ist es nicht mehr auszuhalten, hinter beiden Deichen habe ich das Gefühl zu ersticken.«

Montagmorgens ist immer viel Verkehr auf dem Fluss. Ich musste mich mehr als an anderen Tagen auf mein Schiff und auf den Strom konzentrieren, doch als er, der Mann, den ich so viele Jahre vom einen Fixpunkt zum anderen gebracht hatte, sagte, dass er an diesen beiden Punkten fast erstickte, löste sich mein Blick von den vorbeigleitenden Kies- und Steinkohlebergen: Ich wollte sein Gesicht sehen. Aber er starrte weiter ins Wasser, auch als ich sagte, eigentlich ohne mir dessen bewusst zu sein, als spräche ein anderer mit meiner Stimme: »Beklommen fühlen wir uns alle mal. Glaubst du etwa, ich selbst hätte noch nie mit meiner Fähre die Waal hinabfahren wollen? Glaubst du etwa, ich hätte noch nie an irgendeiner beliebigen Stelle anlegen wollen?«

Wir machten die Kurve und hielten direkt auf den Kai zu. Das Kabeltau der ausrangierten Gierfähre lag noch immer auf dem Fährsteig und sah in der Morgensonne wie eine dösende Schlange aus. Weiße Wolken trieben in Richtung Ziegelei; ich sah, dass er ihnen mit dem Blick folgte, dass er sie antrieb und hoch am Himmel versteinern ließ, ich sah, dass er mit dieser versteinerten weißen Masse den Schlot zu Boden schlug. Ich sah, dass er tatsächlich am Ersticken war.

Die Waal ist ein trügerischer Fluss. Obwohl mich der Zufall in ihre Arme getrieben hat, lässt sie mich nicht mehr los. Wie kein anderer kenne ich ihre Lieblichkeit, wie kein anderer ihre Launen. Wie breit und tief ihr Flussbett ist, weiß so gut wie niemand. Binnen weniger als vierundzwanzig Stunden kann sie über die Ufer treten; wenn sie sich zurückzieht, reißt sie alles auf ihrem Weg mit, Vieh, Weidenbäume, vor Anker liegende Boote, manchmal ein Kind. Bei Sturm tobt sie, bei ruhigem Wetter bündelt sie ihre Kräfte in der Unterströmung, bei Nebel verschwindet sie aus dem Blickfeld, und in der Sonne ist sie ein stilles, spiegelndes Band bis zum Horizont.

Wir legten an. Als ich den Durchgang in der Reling aufgeschoben hatte, machte er keine Anstalten, sein

Rad auf den Kai zu schieben. Mit der Hand an der Stange blieb er stehen und starrte ins Wasser. Die Wolken waren schon längst am Schlot vorbeigezogen. Wohin könnte ein Mann wie er? Ich fragte ihn nach dem Flug seines besten Taubenpärchens.

»Nordfrankreich«, sagte er, ohne aufzublicken.

Die Fähre musste zehn Minuten am Kai liegen. Danach ließ ich drei Kiesschiffe vorbei. Eine Frau aus Tiel hat mich der Waal in die Arme getrieben. Licht. Wind. Der ewige Kreislauf des Wassers. Weiträumigkeit. Gleichmaß. Übersicht. Mit all dem hat sie mich verführt. Kaum ein Jahr später war ich mit dem Kabeltau an die damalige Fähre gekettet.

Ich ließ auch eine Vergnügungsjacht vorbei. Er half mir, den Durchgang zuzumachen, und sagte dann: »Heute will keiner nach drüben.«

Wir fuhren erst ein Stück mit dem Strom, danach wieder quer zur Fahrrinne. Er hatte sein Rad an die Reling gelehnt und sich neben mich gestellt.

»Der tödliche Rhythmus. Das tödliche Gleichmaß.« Er sprach die Worte langsam aus und wiederholte sie: »Der tödliche Rhythmus. Das tödliche Gleichmaß.« Er spuckte in die Wellen, die die Vergnügungsjacht aufgeworfen hatte. »Aufstehen. Übersetzen. Ziegel brennen. Backsteine schleppen. Übersetzen. Zwei Glas Branntwein hinunterstürzen, nicht in der Kneipe ein Stück weiter am Deich, nein, zu Hause am Tisch. Essen. Schlafen. Aufstehen und übersetzen. Samstags und sonntags die Taubenzucht. Nachts liebkosen oder liebkost werden. Luftmangel. Druck auf der Brust.«

»Nordfrankreich«, sagte ich. »Das ist ein ganzes Ende. Dass die Vögel den Weg zurückfinden.«

»Luftmangel. Druck auf der Brust.«

Durch den Wellenschlag fiel sein Rad aufs Deck. Er ließ es liegen. Fast zwanzig Jahre hatte er sein Rad an der Stange festgehalten, jetzt ließ er es liegen wie einen Gegenstand, der nicht zu ihm gehörte, der keinen Wert hatte. Wir steuerten bereits auf den Deich mit seinem Haus und seiner Frau zu. An dieser Seite seines Lebens trieben keine weißen Wolken. Dort war der Himmel leer.

»Deine Kinder.« Das sagte ich, während ich die Fähre wendete und umsichtiger als an anderen Tagen anlegte.

Er reagierte nicht. Er schien bereits gegangen zu sein.

Weil noch keine Leute am Fährsteig warteten, erzählte ich ihm, dass ich zwei Kinder hätte, genau wie er; sie mussten etwa im gleichen Alter sein.

»Machen Kinder im Leben eines Mannes einen Unterschied?«, fragte ich, um ihn festzuhalten.

Als Antwort hob er das Rad auf und lehnte es wieder an die Reling.

»Oder«, fragte ich, »machen sie nur im Leben einer Frau einen Unterschied?«

Jahrelang habe ich auch meine Frau übergesetzt. Sie arbeitete in einer Töpferei in Wamel, während die Kinder in der Schule waren; wurde eines krank, blieb sie zu Hause.

Wieder mussten wir zehn Minuten am Kai liegen. Er

hätte es sich unterdessen anders überlegen können, er hätte seinen Entschluss bereuen können, ein Schuldgefühl hätte an seiner Seele nagen können, Rhythmus und Gleichmaß hätte er nicht mehr als tödliches Gift, sondern als Medizin gegen Chaos betrachten können und die beiden Ufer nicht als Einengungen seines Lebens, sondern als Dämme gegen einen unbeherrschbaren Strom. Den Kai hätte er als Bake sehen können. Wie ich. Wie ich es jahrelang getan habe. Er hätte wieder nach Hause radeln und sich krank melden können, danach hätte er seine Wochenration Branntwein binnen einer Stunde trinken können, sodass sein Gemüt wie Flutland nach heftigem Regen überschwemmt worden wäre. Aber er wartete an der Reling, bis die neuen Fahrgäste an Bord waren und ich den Durchgang zugeschoben hatte. Er wollte es sich nicht anders überlegen.

Meine Frau hat nie vor dem Fluss fliehen wollen. Sie hat nie vor etwas oder vor jemandem fliehen wollen, im Gegenteil, sie bleibt. Sogar bei der Hochwasserkatastrophe weigerte sie sich, Tiel zu verlassen, sie war eine von wenigen, die die Aufforderung der Feuerwehr ignorierten. Ohne Aufhebens. Ohne Drama. »Ich gehöre zur Waal«, sagte sie. »Bei Sturm und Windstille, bei Trockenheit und Überschwemmung; wenn ich am Hang des Vesuv geboren wäre, würde ich auch nicht bei der erstbesten Rauchfahne fliehen, auch nicht bei Ascheregen oder Unheil verkündendem Glühen in der Nacht.« Die Fähre lag damals mehrere Wochen still. Mein Leben war ein Floß, das ziellos auf dem offenen Meer fuhr. Ihres war die gewohnte Boje.

Wir drehten. Wir machten die Kurve. Auf dem Wasser war so viel los, dass ich Mühe hatte, eine Lücke zum anderen Ufer zu finden.

»Wenn es darauf ankommt, machen Kinder keinen Unterschied«, sagte er. »Die Steine müssen geschleppt und aufgestapelt werden, so oder so, und der Grus ruiniert einen, so oder so, allenfalls etwas später.«

Als er merkte, dass die Fahrgäste mithörten, verstummte er. Ziegelbrenner sind Schweiger. Einem Redefreudigen ist in der Nähe der Öfen kein langes Leben beschieden, denn alles Nötige fürs Zustandekommen von Worten wird versengt: Schleimhaut, Stimmbänder, Lungengewebe, Zunge, sogar die Gedanken und schließlich die Worte selbst. Alles wird versengt. Ziegelbrenner müssen notgedrungen schweigen.

Wir waren mitten auf dem Fluss. Er starrte ins dunkle Wasser. Ich vermute, dass er am Grund oder dort, wohin sein Blick reichte, die zwanzig vergangenen Jahre sah, die siebentausend vergangenen Tage, die alle auf gleiche Weise und zum gleichen Zeitpunkt begonnen und geendet hatten, bis auf die Wochenenden, aber auch die waren einander ähnlich gewesen.

Der Wellengang war stärker als an den meisten anderen Tagen. Ein Baggerschiff erzeugte so hohe Wellen, dass er, obwohl ans Schwanken gewöhnt, sich mit beiden Händen festhalten musste; ich klammerte mich wie immer an mein Steuer. Ein Fährboot ist stärker als die Wellen, bis Windstärke zehn, darüber hält es nicht mehr stand.

»Meine Frau hat...« sagte er, aber die übrigen Worte

verschluckte er, als stünde er vor dem Brennofen und die Hitze schlüge ihm in die Kehle; ich vermute, dass er am Grund oder dort, wohin sein Blick reichte, auch die siebentausend vergangenen Nächte sah. In all den Jahren als Fährmann habe ich keinen meiner Fahrgäste je aufgefordert, einen Satz zu beenden, die Stille nach den ausgesprochenen Worten sagte meist genug, und außerdem hat mich die Erfahrung gelehrt, dass das Verschwiegene irgendwann doch herauskommt, im selben oder in einem ganz anderen Zusammenhang, noch bevor das Ufer erreicht ist, manchmal auch einen Tag oder einen Monat oder Jahre später. Was ich selbst verschweige, treibt davon.

Wir fuhren ruhig auf den Kai zu. Der Himmel war nun auch auf dieser Seite hellblau geworden, ich sah, wie sein Blick nach Wolken suchte. Der Ziegeleischlot ragte wie ein Speer in die Leere. Es kam kein Rauch heraus.

»Heute wird nichts oder niemand verbrannt«, sagte er. »Sie warten darauf, dass ich mich melde, aber ich bleibe fort. Ich setze keinen Fuß mehr in den Lehm, keinen Backstein fasse ich mehr an. Ich verschwinde.«

Als die anderen Fahrgäste ihre Räder nahmen, zog er den Mantel aus der Satteltasche. Ich legte an und öffnete den Durchgang wieder.

Meine Frau hat einen Fährmann aus mir gemacht. Sie hat sehr rasch gemerkt, dass ich nicht nur sie, sondern noch ein paar weitere Fixpunkte brauchte, um nicht ins Treiben zu kommen, und dass die Strecke zwischen dem einen und dem anderen Fixpunkt mit bloßem Auge zu überschauen sein musste. Das hat etwas mit meiner Jugend zu tun. Ich war ein Ausreißer. Ein Sucher. Es schien mir in die Wiege gelegt zu sein, dass ich mich verirre. In meinem Heimatdorf war alles in der Nähe und begrenzt, dennoch habe ich es immer wieder fertig gebracht, auf einem Weg zu landen, der in die Heide oder in einen Wald führte, und beim Umherschweifen entdeckte ich, dass der Lauf des Wassers zu immer größerer Freiheit führte: Der Barnevelder Bach mündet in die Eem und die Eem ins Ijsselmeer. Weder gute Worte noch Strafen hielten mich im Haus, auch nicht das Mensch-ärgere-dich-nicht oder die Modelleisenbahn. Es dauerte nie lange, und ich hatte die Angst vor dem Unbegrenzten vergessen, es dauerte nie lange, und ich suchte wieder die Angst vor dem Unbegrenzten; manchmal vergingen Tage, bis sie mich fanden. Schließlich hat meine Frau mich an ein Kabeltau gelegt. Bis zu meiner Pensionierung werde ich zwischen Tiel und Wamel hin und her fahren.

Er nahm seine Arbeitsmütze ab und zog den Mantel an. Sein Fahrrad aber ließ er stehen. Er zauderte.

»Macht es dir was aus, wenn ich noch ein paar Mal mit dir hin und her fahre?«, fragte er. »Abschied nehmen ist schwieriger, als man denkt.«

Ich nickte. »Fahr ruhig mit. Deine Fixpunkte sind auch meine. Fahr ruhig mit, Mann. Ich weiß, wie schwierig es ist zu verschwinden.«

Er fuhr mit mir. In seinem viel zu warmen Mantel stand er da, starrte ins Wasser und schrak ab und zu auf, obwohl der Himmel klar und der Wind mäßig war und es mir gelang, die höchsten Wellen der Frachtkähne zu umschiffen. Seine Tauben, nach denen fragte ich ihn mehrmals. Tauben sind mir von allen Vögeln am meisten zuwider, aber ihr Orientierungssinn fasziniert mich. Er gab keine Antwort, er zuckte mit den Schultern.

Gegen Mittag sagte er, auf den ruhigen Abschnitten in Ufernähe würde er gern einmal das Steuer übernehmen. »Ich habe diese zwanzig Jahre über durchaus die Augen offen gehalten, ich weiß genau, in welchem Moment man drehen muss, damit man nicht direkt in die Fahrrinne kommt und Gefahr läuft, mitgesogen zu werden, ich habe gelernt einzuschätzen, wie groß die Entfernung zwischen zwei Kähnen sein muss, wenn man mit der Fähre mittendurch will«, sagte er, und da ich mit dieser Frage schon seit Stunden gerechnet hatte, konnte ich ihm wie nebenbei das Steuer übergeben, als wir zum soundsovielten Mal auf seinen Kai zuhielten, auf den Deich, hinter dem seine Tauben gurrten und seine Frau nichts oder vielleicht auch alles ahnend den Grus aus seinen Kleidern und aus den Laken wusch und den Grus auf dem Boden zusammenfegte und den Grus verfluchte, der seine Kehle und sein Leben anfraß.

Das Anlegen übernahm ich selbst. Er schob den Durchgang auf und trat mit großen Schritten auf den Kai, um aufs Land hinauszuschauen; er hielt sich die Hand über die Augen und spähte in die Ferne. Dieser Mann geht nicht fort, ging es mir durch den Sinn, dieser Mann geht niemals fort, sondern wird ab heute jeden Morgen beim Aufwachen fortwollen, nichts wird mehr selbstverständlich für ihn sein. Minutenlang stand er mit der Hand über den Augen da. Erst als er merkte, dass die neuen Fahrgäste an Bord gegangen waren, kam er herab, schloss die Reling, knipste die Karten und gab mir mit einer Handbewegung zu verstehen, dass ich abfahren konnte.

Montagmorgens ist nicht nur auf der Waal mehr los, sondern auch in meinem Kopf. Sonntags, wenn ich nicht fahre, fühle ich mich immer den ganzen Tag eingesperrt. Wir haben einen Garten, wir haben gleich außerhalb von Tiel ein Stück Land mit Apfel- und Kirschbäumen, wir haben ein Auto mit Schiebedach, und trotzdem fühle ich mich eingesperrt. Die Gedanken stapeln sich in meinem Kopf, und wenn der Sonntag zu Ende geht, bilden sie einen Turm, an den der Wind nicht herankommt, er fällt nicht um, er stürzt nicht ein, sondern drückt senkrecht an die Innenseite meines Schädels, an Werktagen dagegen lösen sich meine Gedanken auf oder verwehen zu Trümmern, die sich oft später, ein Stück weiter wieder zusammenfügen, aber dann war das Bild schon einmal zerbrochen, und ich spüre die Schwere nicht mehr wie einen massiven Block im Kopf bis hinab zur Brust. Montagmorgens helfen meinem Gemüt ein kräftiger Wind und Fahrgäste, die mich nicht auf neue Gedanken bringen oder Erinnerungen wachrufen oder das Heimweh nach den Jahren, in denen Umherschweifen noch möglich war.

Aus der Art und Weise, wie der Ziegelbrenner an der Reling stand, konnte ich auf sein Leben schließen. Er durfte ruhig schweigen, es war mir sogar lieber, dass er nichts erzählte. Außer über die Tauben.

»Wo werden sie sonst noch losgelassen?«, fragte ich, als er sich nach der Kurve wieder neben mich stellte. »Und woher wissen sie, wo sie sich befinden, was sind ihre Fixpunkte: der Wind, die Gerüche, die aufsteigende Luft; was bringt eine Taube wieder nach Hause?«

Er sagte, er wolle nicht über seine Tauben reden, auch nicht über den Vogelflug im Allgemeinen, auch nicht über sein Zuhause, und so konnte der Wind ungehindert meine Gedanken vertreiben, die über sein Leben und die über meines. Doch als uns die Frau zuwinkte, die auf dem Deck eines vorbeifahrenden Schiffs Wäsche an die Leine hängte, winkten wir beide mit so langen Armen zurück, dass es schien, als wollten wir uns an ihr festhalten, uns an ihren Hals hängen und sie anflehen: Bitte, Frau, nimm uns mit, wohin du auch fährst.

Ach, die Liebe. Spielt die Liebe eine Rolle, wenn man jeden Morgen die Kehle in Brand setzen und sie jeden Abend löschen muss, wenn einem der Grus durch Kleidung und Haut in die Blutgefäße dringt und sich in Ritzen und Spalten des Herzens ablagert; spielt die Liebe mit der Zeit in einem grusigen Herzen noch eine Rolle? Und in einem Herzen, das an ein Kabeltau gelegt ist?

Bitte, Frau, nimm uns mit, flehten wir beide und reckten uns nach ihrem Hals, streckten unsere langen Arme über die Waal nach dem Sandschiff aus, das mit unbekanntem Ziel stromaufwärts fuhr. Zum ersten Mal seit zwanzig Jahren rebellierte ich wieder, ich wollte wieder fort, weit fort, in die Heide oder in einen Wald, ich wollte dem Lauf des Barnevelder Bachs bis zu seiner Mündung in die Eem folgen, und mit der Strömung der Eem wollte ich zum Ijsselmeer, um mit einem alten Botter nach Enkhuizen zu fahren und dort abends am Deich zu liegen, kein Deich wie der von Tiel, sondern einer mit hohem, blühendem Gras, in dem man mit einer Frau in den Armen schlafen kann, mit Marietje, Ada, Klara, Cecilia, mit Mädchen, die noch nie etwas von Unterwassertauen gehört haben und in Lachen ausbrechen, wenn sie davon hören, in schallendes Gelächter, das über das glatte sommerliche Wasser bis zum Horizont rollt und dann wieder zurück, um alle, die am Deich im blühenden Gras liegen, glücklich zu machen.

Er übernahm das Steuer. Wir fuhren quer durch die Fahrrinne. Falls wir mit ihm am Steuer der Fähre mit einem Fracht- oder Ausflugsschiff zusammenstießen, hätte das katastrophale Folgen für mich und für ihn, aber wir ließen einander gewähren, ich ließ ihn mit der Fähre und den drei vertrauensseligen Fahrgästen durch den unberechenbaren Strom und den v-förmigen Wellenschlag bis zum anderen Ufer pflügen, und er ließ mich ins schwarze Wasser starren. Auch ich hatte über siebentausend Tage und siebentausend Nächte am Grund liegen. Hätte ich die Frau aus Tiel nicht getroffen, wäre ich dann ein anderer Mann geworden; wäre ich, wenn ich mein Talent fürs Verirren weiterentwickelt und die Angst davor beschworen hätte, letztendlich am richtigen, mir bestimmten Ort gelandet; hätte ich, wenn ich weiterhin das schallende Gelächter der Mädchen im Hintergrund meines Lebens gehört hätte, überhaupt kein Kabeltau oder Ufer und keinen Montagmorgenwind gebraucht?

Das Anlegen bekam er nicht gut hin, der Ziegelbrenner. Ich stieß ihn vom Steuer weg und konnte gerade eben noch verhindern, dass wir längs statt rechtwinklig zum Kai zu liegen kamen. Er schlug seinen Mantelkragen hoch und versenkte die Hände in seinen Taschen.

Auf einmal wollte ich ihn los sein. Aber der Tag war noch nicht vorbei, die Fähre musste noch viele Male hin und her fahren zwischen seinem Wunsch, auf und davon zu gehen, und seinem Wunsch zu bleiben, das sah ich an seinen Augen, das schloss ich aus seinen Worten und auch aus dem, was er nicht sagte, aus dem Verschwiegenen, dem Teil seines Lebens, der frei von Lehm und Grus geblieben war.

Noch nie habe ich jemanden von meinen Jugendfreunden über die Waal gefahren. Ich weiß nicht, was aus ihnen geworden ist, und außer Pieter wissen sie es auch nicht von mir. Nächsten Monat bei dem Treffen in Hollandsche Rading wird ihnen vor Staunen der Mund offen bleiben. Jeden Tag von Ufer zu Ufer, derselbe Fluss, dieselbe Anlegestelle, und das, wo wir früher mit einem kaum zu steuernden Botter so weit hinausgefahren sind, dass kein Land mehr zu sehen war. Früher habe ich mir nie vorstellen können, mir vor allem nie vorzustellen gewagt, dass wir einander so radikal loslassen würden, so abstoßen würden, um allein oder mit anderen, Fremden, weiterzumachen; damals dachte ich noch, man könne Menschen nicht wie Gegenstände verlieren und bei Verlust gebe man das Suchen nicht auf. Aber nach dreißig Jahren stelle ich mir sonntags oder in den ruhigen Stunden auf der Fähre nichts anderes vor als das Loslassen und Abstoßen von Gegenständen und Menschen, um allein, mit Fremden vielleicht, weiterzumachen; dafür braucht es keinen Mut. Wofür es Mut braucht, das ist die Wirklichkeit: wirklich Abschied nehmen, wirklich abstoßen, wirklich allein oder mit jemand Fremdem landeinwärts gehen. Das wage ich nicht. Das wage ich nicht mehr.

Am späten Nachmittag hatten sich wieder Wolken gebildet, die mit hoher Geschwindigkeit auf den Schlot zutrieben; jetzt betrachtete der Ziegelbrenner sie mit wehrlosem Ausdruck in den Augen.

»Für Tauben ist der Wind jetzt zu stark«, sagte ich, um ihn aus seinem in sich gekehrten Zustand zu holen. »Ich schätze, so kommen sie vom Kurs ab.«

Er nickte. Kurz darauf setzte er seine Arbeitsmütze auf.

»So ein Wind ist auch nicht gut für den Kopf. Je kahler man wird, desto mehr muss man sich schützen. Alles liegt unverhüllt da.«

Auch ein Fährmann ist ein Schweiger. Würde er reden, könnte er nicht zuhören. Mein Schweigen erstreckt sich von der Fähre bis hinter den Deich, sogar bis zu dem Stück Land mit den Apfel- und Kirschbäumen. Schweigen ist eine Gewohnheit geworden, mehr noch, eine Eigenschaft, eine Lebensweise, die zum schwarzen Waalwasser gehört und zu dem Kabeltau, das für Außenstehende aufgerollt auf dem Fährsteig liegt und für mich aufgerollt in meinem Kopf.

»Manchmal habe ich sogar Grus auf der Netzhaut«, sagte er. »Dann sehe ich alles gekörnt, im einen Augenblick verschwommen, im nächsten auf einmal scharf umrissen. Wenn ich die Augen zumache, bleibt es so. Um sich die Kehle zu spülen, kann man Branntwein trinken, aber es gibt keine Flüssigkeit, die fortschwemmt, was man schmerzlich scharf gesehen hat.«

»Tränen«, sagte ich und verbesserte mich rasch: »Durch den Regen gehen, mit erhobenem Kopf durch den Regen gehen, gegen den Wind, das ist die beste Art und Weise, den Grus loszuwerden. Nicht die Augen niederschlagen, auch wenn man eine Stunde auf dem Deich hin und her gehen muss. Den Kopf nicht senken, auch wenn man noch so müde ist.«

Ich spürte, dass er mich weiter ansah. Wir schwiegen beide. Der abendliche Betrieb auf dem Fluss verursachte viel Wellengang, und außerdem wurde das Wasser vom immer kräftigeren Wind aufgepeitscht. Mit einem Mal wirkte er erschöpft. Wenn die Fahrgäste ihn grüßten, nickte er, vermied aber jedes Gespräch. Er starrte auch nicht mehr ins Wasser, nun richtete er den Blick auf die Ufer, obwohl er dazu den Kopf wenden musste, nach rechts, nach links, bis um halb neun nur noch ein einziges Ufer übrig war.

»Zu Hause warten die Frauen.«

Er stand wieder neben mir und sprach die Worte fast unhörbar aus.

Ich sah meine Frau. In der Dämmerung. Scharf. Er muss die seine gesehen haben. In derselben Dämmerung, vielleicht ebenso scharf, denn wir brachen beide in Lachen aus, wir mussten so sehr lachen, dass uns die Tränen über die Wangen liefen und die Fähre vom Kurs abkam. Wie irgendein Sandschiff begann sie stromaufwärts zu fahren, und wir lachten einfach weiter, ohne den Kurs zu korrigieren, ohne kehrtzumachen, auf dem leeren Fluss übergaben wir einander das Steuer, als führen wir eine Staffel, wir gaben Vollgas, er warf seine Mütze ab und zog den Mantel aus und ich, ich rief über das aufgewühlte Wasser hinweg, dass ich endlich wieder dabei sei, mich zu verirren, dass ich endlich wieder dabei sei, von zu Hause wegzulaufen, und dabei hörte ich im Gleichklang unseres Lachens das Lachen der Mädchen, die noch nie etwas von Unterwassertauen gehört hatten.

Erst an der Brücke kamen wir zur Besinnung.

Ein paar Minuten, eine Ewigkeit lagen wir ruhig im Wasser. Es klang wie Schreien, als er sagte: »Wir müssen zurück. Was für ein Wahnsinn zu glauben, ein Mann von fünfzig könnte fliehen. Hinter der Brücke erwartet ihn der gleiche Grus.«

Leer und ruhig steuerte ich auf sein Ufer zu.

»Ich setze dich ab«, sagte ich. »Morgen früh erzählst du mir, wo deine Tauben starten und wie sie zurückfinden. Jetzt ist es zu spät.«

Er faltete seinen Mantel zusammen und steckte ihn

ganz tief in die Satteltasche. Seine Mütze war über Bord geweht.

»Ich habe Überstunden gemacht und meinen Branntwein heute in der Kneipe ein Stück weiter am Deich getrunken statt bei dir am Tisch.« Er schien nicht mit mir, sondern mit seiner Frau zu reden, er war bereits zu Hause, er sah mich nicht mehr, er wollte mich nicht mehr sehen, um den Tag ungeschehen machen zu können. Er klopfte sich nicht vorhandenen Grus von der Arbeitskluft und hustete, es war der trockene Husten eines Mannes, der den ganzen Tag vor Brennöfen gestanden hat.

Wie jeden Abend schob ich den Durchgang für ihn auf. Mit langen Schritten ging er, das Rad an der Hand, den Deich hinauf. Ich blickte ihm nach, bis er verschwunden war.

Es wurde schon dunkel, als ich zum letzten Mal den Fluss überquerte. Der Mond verbarg sich hinter den Wolken. Ich kann mich nicht erinnern, dass ich mich auf meiner Fähre je so allein gefühlt habe wie an jenem Abend. Durch den Regen gehen, hatte ich zu dem Ziegelbrenner gesagt, mit erhobenem Kopf und gegen den Wind über den Deich, den Kopf nicht senken, auch wenn man noch so müde ist, mit weit offenen Augen gegen den Wind angehen. Aber es wollte nicht regnen, wohin und wie lange ich auch ging, und der Wind flaute allmählich ab.

Als ich lange nach Mitternacht nach Hause kam, stand das Essen wie gewohnt noch auf dem Tisch. Welche Fixpunkte haben Tauben, das durfte ich nicht vergessen, ihn zu fragen, wo starten sie, und wie finden sie zurück. Ich wiederholte die Frage ein ums andere Mal, während ich Brot schnitt und bestrich und den Kaffee aus der Thermoskanne in den Becher mit meinem Namen goss. Und beim Ausziehen dachte ich: Warum kommen sie zurück, warum fliegen sie nicht weiter nach Süden, warum gehen sie nicht in einer sonnigen Gegend statt in einem Käfig nieder?

Meine Frau schlief bereits. Ich brauchte ihr nichts zu erzählen, nichts zu erklären, nichts zu gestehen. Selbst wenn sie wach gewesen wäre, hätte ihr meine schweigende Gegenwart genügt. Meine Frau ist sich meiner sicher. Sie weiß, dass ich mich nicht mehr verirren kann, dass ich nicht mehr verschwinden werde. Ich hörte ihre Atemzüge, den Rhythmus, das Gleichmaß. Ich spürte die Wärme ihres Körpers, dieselbe im Sommer und im Winter, bei Tag und bei Nacht. An ihrem Hals sah ich ihr ruhiges Herz schlagen. Ich roch ihre Haut und wusste, was sie im Traum sah: einen stillen Fluss mit Schiffen und auf einem davon, dem einzigen, das nicht gegen den Strom anfuhr, ihren Mann.

3

»Darling.«

Johan murmelt: »Darling.«

Kurz darauf: »Darling Harbour.«

Immer größer wird der Raum zwischen der Erde und

ihm, bis er nicht mehr dazugehört, bis er auch in Gedanken keine Fühlung mehr mit dem staubigen Boden hat, aus dem Gummibäume und Akazien ragen.

»Darling Harbour Bridge.«

Er entfernt sich immer weiter von den Lagerhallen im Hafen und der Mündung des Darling.

»Sydney Opera House.«

Er sieht das steinerne Segelschiff gerade noch im Begriff, auf den Ozean hinauszufahren. Er bildet sich ein, ein Orchester gebe ihm das Geleit, nicht vier dröhnende Motoren.

Johan hat seinen Flug genau dort begonnen, wo er dreißig Jahre zuvor vom Steg kam. Schon entziehen die ersten Wolken dem Blick, was er hinter sich gelassen hat; was vor ihm liegt, so wird auf Englisch und in seiner Muttersprache durchgesagt, werde von Turbulenzen gestört sein. Am Boden ist er Zyklone und Waldbrände gewöhnt, aber in der Luft fühlt er sich bei der geringsten Bewegung, bei einer minimalen Veränderung des Hintergrundsummens schutzloser als ein Kind. Er liest die Sicherheitshinweise durch. Es ist ratsam, den Gurt nicht nur bei Turbulenzen, sondern während des gesamten Flugs angelegt zu lassen, jeden Augenblick kann etwas passieren. Es ist ratsam, die Schuhe auszuziehen und eng sitzende Kleidung zu lockern. Es ist ratsam, während des gesamten Flugs keinen Alkohol zu trinken.

Darling.

Fluss. Liebling.

Er lächelt; wie hat er es nur so lange ohne diese beiden aushalten können: Wasser, Frauen; wie hat er all die Jahre des Durstes und der Trockenheit überlebt?

Wieder murmelt er: »Darling«, und jetzt denkt er nicht an den australischen Fluss und die australischen Frauen, sondern an den Barnevelder Bach und ans Ijsselmeer und an die Mädchen, mit denen er bei Enkhuizen am Deich gelegen hat; er denkt vor allem an Cecilia.

Am liebsten würde er den ganzen Flug über schlafen, aber schlafen ist nicht leicht, wenn man gegen die Jahre anfliegt und bereits zwei volle Tage Zugfahrt quer durch den Kontinent hinter sich hat, wenn man in seiner Einsamkeit eines Tages einen Brief bekommen hat, in dem man in einer fast vergessenen Sprache in das fast vergessene Land eingeladen wird, in dem man geboren ist, um mit seinen fast vergessenen Freunden zu feiern, dass man fünfzig wird oder es bereits ist. Schlafen ist nicht leicht, wenn man befürchtet, die Freunde könnten einen fragen: »Mit wem, außer mit deinem Vieh, teilst du dein Leben?«, oder: »Wie sieht das Opernhaus von Sydney innen aus?«

Schlafen ist nicht leicht, wenn man seinen verstorbenen Vater reden hört.

»Johan, wir gehen nach Australien.«

Nicht einmal in seiner Erinnerung duldet die Stimme Widerspruch.

»In sechs Monaten wandern wir aus. Hier gibt es keine Zukunft für dich und deine Brüder, wir haben nicht genug Land. Außerdem sind die Russen nun schon in Berlin. Deine Mutter und ich, wir wollen euch Armut und Gottlosigkeit ersparen. Wir verkaufen den Hof und gehen fort.«

In der Erinnerung hört er seine Mutter mit unsicherer Stimme sagen, eigentlich wolle sie lieber nach Kanada zu ihren beiden Cousins in Ontario, aber sich selbst hört er rufen: »Ich wandre nicht aus, geht ihr doch allein! Ich brauch kein Land, und die Russen sind mir egal! Ich will überhaupt nicht Bauer werden, ich will in Delft studieren!«

»Wir lassen keine Kinder zurück.«

Wessen Stimme das ist, spielt keine Rolle. Vor ihren Kindern und der Außenwelt ist seine Mutter mit dem Vater immer einig gewesen; die Innenwelt haben sie jeder für sich mit ins Grab genommen.

»Alle Kinder gehen mit. Große Familien sind dort gefragt. Australien ist ein leerer Kontinent. Wenn man irgendwo reich werden kann, dann dort, und es wird nie Krieg geben. Es ist die sicherste Gegend der Welt, noch viel sicherer als Kanada. Wenn hier die Atombombe fällt, bleiben wir dort ungeschoren.«

»Ich geh nicht mit! Euer Hof kann mir gestohlen bleiben! Ich will nach Delft!«

»Du gehst mit, Johan, selbstverständlich gehst du mit. Du bist kaum achtzehn. Entweder gehen wir alle, oder es geht keiner. Außerdem haben wir uns bereits auf die Liste setzen lassen.«

»Ich kann meine Freunde nicht im Stich lassen! Wir haben einander Treue gelobt!«

Er ist nicht sicher, ob er das damals wirklich gesagt

hat, jedenfalls hat er es empfunden: Freunde lässt man nicht im Stich, Freunde wiegen schwerer als ein ängstliches Elternpaar, schwerer als die Aussicht auf Land und Reichtum und auf ein Leben, in dem kein Schuss fallen wird und keine Bombe explodiert.

»Du wirst sehen, die Landwirtschaft liegt dir eher als Delft. Du bist unter Kühen geboren, was willst du da mit Messlatten und staubtrockenen Formeln? Und denk doch nur mal an die Frauen, denen du in dem Beruf begegnest. Statt Körper reiner Geist. Schwierigkeiten bei der Blutung. Schwierigkeiten beim Gebären. Brüste ohne Milch.«

Hat er seinen Vater tatsächlich schlagen wollen, hat er tatsächlich mit ihm kämpfen wollen, und hat er seine Mutter wirklich ein Arbeitstrampel genannt? Nein, vermutlich nicht, die Verhältnisse vor dreißig Jahren auf dem Lande waren nicht danach, aber er hat sich auf sein Fahrrad geschwungen und bis spätabends seine Ohnmacht auf den Pedalen ausgetobt, und später ist er über seinem Physikbuch eingeschlafen; als er hochschrak, daran erinnert er sich noch, hatte er Fieber.

Die Turbulenzen haben begonnen, bevor die Getränke serviert sind, bevor ihn der Erschöpfungsschlaf übermannt. Unruhig ist es in der Luft, unruhig ist es in seinem Kopf. Die Frage, ob er gut daran getan hat, sich durch einen Brief aus seinem sandfarbenen Dasein herausreißen zu lassen, wird er erst in ein paar Wochen beantworten können, vielleicht auch nie, denn wie lässt sich messen, ob man gut an etwas getan hat, welche

Messlatte legt man an sein Leben an, aus welcher Entfernung und aus welcher Höhe hat man den Überblick?

»Später kannst du immer noch zurück, Johan.«

Sein verstorbener Vater reist mit ihm.

»Wir gehen davon aus, dass es für immer ist, aber im Notfall kannst du immer noch zurück.«

Ein toter Vater ist nicht so leicht zum Schweigen zu bringen wie ein lebender. Johan macht die Augen zu und versucht, sich seiner Müdigkeit hinzugeben, seiner Angst vor dem Abstürzen notfalls. Aber der Tote beharrt: »Wenn dir die Landwirtschaft nicht liegt, kannst du immer noch zurück.«

Was für eine Lüge. Du nimmst Abschied. Du brichst mit der Clique. Du zerfetzt dein Physikbuch. Du verrätst Cecilia. Du vergisst alles, was dir lieb ist, du musst einfach. Ohne dich noch einmal umzusehen, gehst du den Steg des Waterman hinauf und teilst die Kabine mit den jüngeren Brüdern, die glauben, sie machten eine Ferienreise. Im Golf von Biskaya erbrichst du alles, was du noch nicht vergessen hast, die Reste all dessen, was dir lieb war, du musst einfach, und danach, wenn nichts mehr zu sehen und nichts mehr zu spüren und nichts mehr zu erbrechen ist, stehst du leer an der Reling, und dir ist alles egal. Auch die Freunde. Auch Enkhuizen und Delft. Auch die fliegenden Fische. Alles ist dir einerlei.

»Du kannst zurück.«

Was für eine Lüge. Du hast dein Zuhause aufgegeben. Den Deich durchbohrt. Den Botter versenkt. Du nimmst Kurs auf Port Said und Aden und danach auf Colombo und Fremantle. Wieder wirst du seekrank, wieder musst du dich übergeben, obwohl du nichts mehr in dir hast; in der Bucht von Melbourne zerreißt es dein Innerstes. Sydney. Du wirst von deinem Vater auf den Kai geschoben. Darling. Darling Harbour. Und dann knallt dir die australische Sonne ins Gesicht.

Er hat den Toten, nicht sich selbst in den Schlaf getrunken. Das Flugzeug wird durchgeschüttelt, er meint sogar die Tragflächen knacken zu hören. Nichts wollte er jetzt lieber, als auf seinem Pferd eine Herde zusammentreiben. Hätte er den Brief doch nie bekommen, dann hätte er sich nicht diesen Gefahren auszusetzen brauchen, und alles und jeder in seinem Gedächtnis bliebe unverrückbar am angestammten Platz.

Einige wenige wurden auf dem Kai erwartet, einige wenige wollten stehenden Fußes umkehren; vor allem dieses letzte Bild hat sich tief in sein Gedächtnis gegraben: Frauen, die flehentlich baten, wieder an Bord gehen zu dürfen, während die Männer gute Stellen und eigene Häuser in einem Land versprachen, in dem nie ein Krieg ausbrechen würde. Er erinnert sich an das Gesicht seiner Mutter, als sie sah, dass niemand ihre Familie abholen kam, und sie wie die anderen auch allesamt in einen Zug gesetzt wurden; sie waren doch eingeladen worden und standen auf der Liste, hatte man sie denn nicht darin bestärkt, ja, sie fast bestochen, aus dem bedrohten und überfüllten Holland fortzugehen. Er erinnert sich, dass er damals zum ersten Mal sah, wie sie sich auf die Unterlippe biss, ein Tick, der ihr bis zur Todesstunde bleiben sollte.

Der Zug fuhr durch den blauen Dunst der Gummibäume ins gelobte Land hinein, ins Land, wo Kuhmilch und Akazienhonig fließen, wo für Kinder und große Rinder- und Schafherden Platz im Überfluss war. Überfluss, aber nicht sofort, nicht in den ersten zehn, fünfzehn Jahren. Ein Fremder, so erklärte man seinen Eltern, aber er konnte es als Einziger verstehen und verdolmetschte es ihnen, ein Fremder muss überall auf der Welt auf der untersten Leitersprosse anfangen. Es spielt keine Rolle, ob er in seinem Heimatland angesehen war oder Diplome vorzuweisen hatte, auch Kriegsorden zählen nicht. Fremde fangen immer am Anfang an. Sie müssen sich bewähren. Sie müssen zeigen, dass sie Durchhaltevermögen haben und immun gegen vielerlei Elend und Gift sind. Sie müssen zeigen, dass sie ihre Kultur und ihre Vergangenheit beiseite schieben können. Es sei denn, sie haben Geld, mit Geld kann man sich vom Anfang freikaufen. Fremde mit Geld brauchen nicht im roten Staub zu kriechen, sie brauchen keine Straßen und Gleise durch die Wildnis anzulegen, keine Brunnen in einem Boden zu bohren, der durch die Trockenheit noch härter ist als Granit, sie brauchen nicht in Silber- oder Opalminen zu arbeiten, und man erwartet auch nicht von ihnen, dass sie sich als Knechte auf einem Hof verdingen, dessen Besitzer sie sein könnten.

Der Zug hielt am Lager Bathurst an. Sie stiegen aus. Ihre Namen wurden aufgerufen. Sie wurden desinfiziert.

»Aber wir sind doch keine Gefangenen. Wir sind freie Bauern.«

Die Stimme seines Vaters hatte nie Widerspruch geduldet, doch auf einmal klang sie unsicher.

»Was glaubt ihr denn, woher wir kommen?«

»Wir haben den Krieg hinter uns.«

Seine Mutter weigerte sich, das Wort Lager auszusprechen. Aber sie musste mit den anderen Auswandererfrauen in den Garküchen Kartoffeln schälen, sie musste die Feldbetten entlausen und die Löcher in den Barackenwänden zustopfen, die nachts von Spähern im Freien wieder aufgestochert wurden. Sie verscheuchte Opossums und Ratten. Sie schlief im Strauchwerk am Fluss mit seinem Vater, weil sie in der Baracke nie mit ihm allein sein konnte, wenn er von der Suche nach einem Hof zurückkam. Sie legte von zu Hause mitgebrachte Deckchen auf den Campingtisch und wiederholte ein ums andere Mal, dass sie in Australien ungeschoren blieben, falls in der Nähe von Holland die Atombombe falle, und dass niemals Russen hierher kämen, um ihnen ihr Land und ihre Religion zu nehmen.

»Bathurst ist ein besseres Auffanglager als Bonegilla«, sagte sein Vater, als er wieder einmal von einem Erkundungszug durch den Südosten zurückkam. »Hier leben wir unter Engländern, die sind die Elite von allen Auswanderern, die auf Arbeit oder Land warten. Wir können froh sein, dass wir nicht zu den Italienern oder den Mazedoniern eingeteilt worden sind, das ist Gesindel. Wir werden hier bevorzugt behandelt. Sogar der Konsul kommt vorbei.«

Einige wenige wollten sich erhängen, andere wurden verrückt vom Anblick der Eukalyptusbäume, die sich bei Vollmond wie teuflische Dreizacke gegen den Himmel abzeichneten. Aber es wurden auch Ehen geschlossen und Kinder geboren und Clubs gegründet. Johan schloss sich einer Gruppe Jungen an, die Kaninchen jagten und ihnen das Fell abzogen.

»In Bonegilla hat es einen Aufstand der Lagerbewohner gegeben. Sie haben Barrikaden errichtet und die Küchen besetzt. Unter ihnen waren Auswanderer, die seit über zwei Jahren auf Arbeit warten, und dabei hat man ihnen Stellen versprochen. Sie haben sich mit der Lagerleitung angelegt. Es wurde Gewalt angewendet. Gott sei Dank sind wir nicht in Bonegilla, sondern in Bathurst untergekommen. Bevor wir's uns versehen, haben wir einen eigenen Hof.«

Die Stimme seines Vaters war noch nicht wieder wie früher, wie vor und während der Überfahrt, aber er hörte sich schon wieder selbstsicherer an; seine Mutter gehörte zu jenen Frauen, die nicht klagten, sondern schweigend immer verbitterter wurden.

»Bevor wir's uns versehen, haben wir einen Hof. In Melbourne gibt es einen holländischen Pater, der Katholiken hilft. Wenn wir erst mal melken, ist die Sache ausgestanden.«

Johan liest die Sicherheitshinweise ein zweites Mal durch. Was kann ihm passieren? Sein Gurt kann nicht aufspringen. Die Notausgänge sind deutlich gekennzeichnet. Die Sauerstoffmaske fällt bei Unterdruck von selbst herab, er braucht sie sich nur vor den Mund zu binden. Seine neuen Schuhe hat er gleich nach dem

Start abgestreift. Die Schwimmwesten befinden sich unter den Sitzen und sind binnen einer Sekunde festgezurrt. Was sich nicht festzurren lässt, sind seine Erinnerungen, bei der geringsten Turbulenz werden Vergangenheit und Gegenwart durcheinander geschüttelt, und auch sein Herzschlag lässt sich nicht unter Kontrolle halten, aber Sicherheitshinweise gelten nur für Notsituationen, die infolge technischer Mängel entstehen.

»Ich habe einen Hof gefunden.«

Nachdem sein Vater einen Monat umhergezogen war, kam er mit dieser Mitteilung ins Lager zurück.

»Er ist kleiner als unserer. Weniger Kühe. Weniger Hektar Land. Aber für den Anfang nicht schlecht. Elektrizität gibt es nicht, dafür einen guten Generator. Das Klima ist ähnlich wie unseres: Warragul, Victoria. Die Nachbarn wohnen nicht allzu weit weg, es sind ebenfalls Holländer. Wir werden alle die Ärmel hochkrempeln müssen. Wir müssen an später denken. Bei jedem Rückschlag, der uns trifft, müssen wir uns an später festbeißen.«

Später, denkt Johan. Später ist jetzt. Jetzt ist das Resultat von dreißig Jahre lang an später denken. Jetzt besitzt er im äußersten Südwesten über zehntausend Merinoschafe und ein paar hundert Angusrinder. Russen ist er oft genug begegnet; es waren keine Soldaten oder Spione, sondern Auswanderer, genau wie er. Atombomben sind nirgendwo gefallen. Auf seinem Land gibt es wenig Wasser und auch nur in großer Tiefe. Seine Frau hatte Heimweh und ging fort, ohne ihm Kinder geschenkt zu haben. Die Versalzung schreitet immer weiter voran.

Später ist jetzt.

»Du kannst später immer noch zurück.«

Was für eine Lüge. Er kann jetzt nicht zurück. Für kurze Zeit, ja, für ein Wiedersehen an einem Septembernachmittag, für ein paar Wochen Heimat in groben Zügen, aber wirklich zurückgehen, zurückgehen, um zu bleiben, das kann er nicht. Zehntausend Merinoschafe und zweihundert Ochsen lässt er in dieser Phase seines Lebens ebenso schwer zurück wie damals eine Clique von Freunden, und er hat die Weite und die Leere lieben gelernt; wie könnte er noch Wurzeln schlagen in einem Land, wo der eine Bauer dem anderen auf die Füße tritt und der Horizont nur auf dem Polder und am Meer zu sehen ist? Aber selbst wenn er wollte, könnte er nicht zurück, denn das, was er früher im Stich gelassen hat, ist natürlich verschwunden, und diejenigen, die er im Stich gelassen hat, haben ihn natürlich vergessen. Das ist seine Angst, die größte, größer als die Angst, die Frage beantworten zu müssen: »Mit wem, außer mit deinem Vieh, teilst du dein Leben?«, oder »Erzähl doch mal, wie das Opernhaus von Sydney innen aussieht.« Seine größte Angst ist, dass die Freunde, bis auf Pieter, ihn von ihrer gemeinsamen Erinnerung ausgeschlossen haben. Erst dann ist er wirklich allein, jetzt, aber auch in der Vergangenheit.

Was kann ihm in diesem Flugzeug passieren? Nichts, im Vergleich dazu nichts. Er steckt die Sicherheitshinweise in das Netz an der Rückenlehne des Sitzes vor ihm und atmet tief durch. Beim Reiten wird er heftiger durchgeschüttelt, bei Gewitter kann auch auf seiner Farm sehr leicht der Blitz einschlagen, abstürzen ist eine Frage von Sekunden, und er hinterlässt weder Frau noch Kinder. Er versucht sich zu entspannen, indem er die Hände locker auf die Oberschenkel legt und nur die Fersenspitzen und nicht die ganze Fußsohle auf den Boden setzt. Dann bestellt er beim vorbeigehenden Steward einen doppelten Whisky mit Eis.

Sie sind mit einem Lastwagen vom Lager Bathurst nach Warragul, Victoria gefahren, und mit demselben Lastwagen haben sie später den aus Holland mitgebrachten Hausrat aus einem Lagerhaus im Hafen von Sydney geholt. Er erinnert sich, dass seine Mutter beim Auspacken sagte: »Hätten wir doch nur alles zurückgelassen. Bei jedem Stück, das ich in die Hand nehme, denke ich an die Stelle, wo es zu Hause gestanden hat. Wir hätten besser ganz neu angefangen. Weiß. Leer. Ohne Erinnerung.«

Er weiß heute, aber eigentlich wusste er es schon damals, dass sie wider besseres Wissen redete, dass sie ab der Ankunft auf dem kleinen Hof ohne Elektrizität Dinge behauptete, die sie überhaupt nicht meinte, als wäre sie durch den Bruch in ihrem Leben außerhalb ihrer selbst stehen geblieben.

»Wir hätten besser überhaupt nichts mitgenommen«, sagte sie. »Was soll ich hier mit der Zwiebackbüchse und mit einer Nähmaschine, für die es keine Ersatzteile gibt? Wozu die behaglichen Schirmlampen, wenn der Strom für die Kühe ist? Wir haben die Auswanderer bemitleidet, die mit leeren Händen hierher gekommen sind, aber sie sind gut dran. Sie vergessen. Wir nicht.«

Warragul hatte ein günstiges Klima: Regen, Wind, Hitzewellen, die nie länger als ein paar Wochen dauerten. Der Generator reichte zum Betreiben der Melkmaschinen. Nicht fürs Wohnhaus, da mussten sie sich behelfen. Gaslampen, Gasbrenner, Küchenherd mit Holzfeuerung. Das Klosett war draußen, ein Holzverschlag zwischen den Oleanderbüschen, und man musste sich darin vor der Redback-Spinne und der Tigerschlange in Acht nehmen, während auf den Gummibäumen dahinter die Kookaburas jederzeit in Gelächter ausbrechen konnten; das Poltern eines Opossums auf dem Wellblechdach war wohl das Mindeste, woran man sich gewöhnen musste.

Die Milch machte vieles wett. Dank der Milch stiegen sie auf. Weil sie zu zehnt waren, übertrafen sie andere Bauernfamilien. Auswanderer, die mit ihnen zusammen die Überfahrt mit dem Waterman gemacht hatten, ließen sie allmählich hinter sich, er hört seinen Vater noch sagen: »Wir liegen in Führung, Kinder, einzig und allein, weil wir härter arbeiten und jede Minute an später denken«, und er sieht seine Mutter auf der Singer-Tretnähmaschine Kleidung ausbessern und sich auf die Unterlippe beißen, während sie kaum hörbar von ihrer Jungmädchenzeit und ihren Verwandten spricht.

Milch. Das Leben in Warragul wurde von dem weißen Fluss beherrscht, der nicht schnell genug strömen konnte, *mehr* Weideland, *mehr* Kühe, *noch* mehr Milch, die alles und jeden mitriss. Sein Vater las jeden Monat mit bravourös klingender Stimme Tabellen vor, während seine Mutter an einem der undichten Fenster stand und in Richtung Tasmanien starrte. »Wenn wir so weitermachen, haben wir's geschafft«, sagte er. »Dann ist dieser Hof in kürzester Zeit größer als der andere zu Hause.«

Mit der Zeit begann Johan alles Weiße zu hassen, keine Farbe konnte ihm leuchtend genug sein, und je kälter oder wärmer eine Flüssigkeit, desto besser, je fester ein Stoff, desto lieber hielt er ihn in Händen: Holz, Metall, notfalls Wolle. Er war bereit, in den Urwald zu gehen, um Bäume zu schalmen, in der Wüste nach Erz zu graben und nach Edelsteinen zu bohren, auf einer Steppe Schafe zu hüten; alles erschien ihm besser als dieser tyrannische lauwarme Strom, der ihn an Warragul und an später fesselte. Und an Frauen, deren Hände an den Tanzabenden noch nach Milch rochen und deren Brüste er nicht anfassen mochte, weil er fürchtete, auch daraus könnte Milch kommen.

An einem Samstagnachmittag, nachdem sein Vater die bewundernswerten Tabellen zur Milchproduktion vorgelesen und seine Mutter in Richtung Tasmanien oder irgendeines anderen Landes in ihrer Phantasie gestarrt hatte, sprach Johan kaltblütig aus, was er damals, als sie ihm den Auswanderungsplan mitteilten, nicht hatte sagen können, weil er noch nicht alt genug dafür war: »Ich gehe fort.« Damals hatte er sich auf sein Rad geschwungen, jetzt blieb er stehen und wiederholte: »Ich gehe fort.«

Die Tabellen fielen zu Boden. Tasmanien oder welches Traumland auch immer wurde vom Ozean verschlungen. Seine Eltern bildeten binnen weniger als einer Minute eine Einheit und bauten sich wie eine Mauer vor ihm auf.

»Wegen euch sind wir ausgewandert, nicht wegen uns selbst; wir hätten es dort schon ausgehalten. Dieser Hof ist eure Zukunft, vor allem deine, weil du der Älteste bist. Du hast die meisten Opfer dafür gebracht, du hast sogar Delft aufgegeben. Und jetzt auf einmal willst du alles im Stich lassen. Fortgehen! Du bist wohl verrückt!«

Aber er war alt genug fortzugehen. Er war alt genug, Rache an der Vergangenheit zu nehmen, indem er dem Dasein entfloh, das ihm auferlegt worden war. Er hatte auch genug Geld dafür, weißes Geld, Milchgeld, Schmerzensgeld. Er stellte seine Rechte als ältester Sohn den Brüdern zur Verfügung und fuhr ein paar Wochen später mit einem alten Ford aus Warragul weg. Der Abschied berührte ihn nicht. Jetzt, später, denkt er: Kummer ist beim ersten Abschied am schlimmsten, wie bei Krankheit der erste Schmerz. Beim zweiten oder dritten Mal beginnt man sich zu wehren, man stellt sich darauf ein und produziert Abwehrstoffe. Unerträglich sind Schmerz und Kummer nur für jemanden, der es noch nicht besser weiß. Das denkt er jetzt in diesem Zustand zwischen Wachen und Träumen im Flugzeug, das Kurs auf seine Jugend nimmt. Er unterdrückt die

Angst, dass vielleicht, demnächst, der schlimmste Kummer um einen Abschied noch kommen wird, dass er in dem Teil seines Selbst, das vor dreißig Jahren amputiert wurde, Schmerz empfinden wird.

Der Abschied hatte ihn nicht berührt, aber nachts versuchte seine Familie, allen voran der Vater, ihn auf der Flucht einzuholen. Dann wachte er schwitzend auf, mal in einem kleinen Hotelzimmer mit einem Oberlicht aus Mattglas als Fenster, dann wieder in einer Scheune oder im Gastzimmer eines Gemeindehauses. In den Buchten und den Hafenkneipen fühlte er sich am sichersten, weil ihm dort alles fremd war und nichts blieb, wie es war: Anders als die Milch wechselte das Fluss- und Meerwasser die Farbe, je nachdem, ob mehr oder weniger Licht darauf fiel, und die Männer rochen dort mal nach Fisch oder Kabeltauen und Teer, dann wieder nach flüchtigen Liebschaften und Ländern ohne Vieh, aber mit vielen Gewürzen, viel frischem Holz.

Es hat lange gedauert, sein Fliehen, und er ist weit gegangen. Er hat sich bis ins Herz des Kontinents, bis in die Tanami- und die Simpsonwüste gewagt, auf dem Rücksitz seines Ford lediglich Wasser, Proviant, ein Schlangenantiserum und der Werkzeugkasten. Als sein Geld alle war, arbeitete er auf einer Putenfarm in New South Wales, bis er das Federvieh ebenso tief zu hassen begann wie das Milchvieh. Er zog zur Westküste und hatte das Glück, dass im Hafen von Fremantle ein Schiff vor Anker lag, das auf eine Ladung Schafe für Bali wartete. Er heuerte als Schäfer auf See an. Eine

Herde nach der anderen half er in Pferche treiben, in denen nach ein paar Tagen tropische Temperaturen und Feuchtigkeitsgrade herrschten. Was wusste er von tropischen Schimmelpilzen, von Seuchen? Nichts. Aber er musste sie bekämpfen. Wie er auch die eigene Seekrankheit mit drastischen Mitteln bekämpfen musste, denn er war für die Pferche verantwortlich, auch wenn sich ein Zyklon erhob, auch wenn das Schiff Schlagseite bekam und die Tiere unrettbar nach einer Seite hin purzelten, er musste zusehen, dass die Pferche, wie er selbst, standhielten; nur bei drohendem Schiffbruch hatte die Besatzung Vorrang. Zweimal hatte er sich vor achttausend Schafen Vorrang geben müssen. Das Schiff sank. Mit Hubschraubern wurden die Schäfer von Bord geholt, hoch in der Luft hörte er noch das Blöken und auch an den Tagen danach. Auch jetzt, wenn er die Augen schließt und an das tobende Wasser denkt.

In Bali durften die Besatzungsmitglieder nie von Bord, weil sie möglicherweise Krankheitskeime oder Schädlinge an sich hatten, die auf der Insel nicht vorkamen. Kaum dass die Herde glücklich an Land getrieben war, wurden Pferche, Laderäume und Deck abgespritzt und desinfiziert. Beim ersten Mal Abspritzen erinnerte er sich an die Ankunft des Auswandererzugs im Lager Bathurst, er sah das Gesicht seiner Mutter und hörte seinen Vater wieder sagen: »Wir sind keine Gefangenen, wir sind freie Bauern, was glaubt ihr denn, woher wir kommen?«, und kurz darauf: »Wir haben den Krieg hinter uns.« Aber beim zweiten Mal war das Bild schon verschwommener, und bei der dritten oder vierten Überfahrt und Ankunft einer Herde im Hafen von Singaraja hatte er es ausgelöscht.

Ein halbes Jahr lang hatte er die Schaftransporte per Schiff ausgehalten, dann wurde er müde und einsamer, als er es ertragen konnte. Er hatte Frauen gesucht und gefunden, Frauen für flüchtige Liebschaften, weil seine Flucht noch immer nicht zu Ende war. Schließlich hatte er sich bei Esperance auf einer der größten Farmen im Südwesten als Treiber und Hundetrainer anstellen lassen.

Er ist geblieben. Er ist aufgestiegen. Er hat einen Teil der Merinoschafe übernommen und Angusrinder gekauft. Er hat ein Haus gebaut und Brunnen gebohrt und um die Hand einer Frau angehalten. Sein größter Stolz wurden seine Kelpies.

Für die Zwischenlandung in Singapur muss er sich anspannen. Er schnallt den Sicherheitsgurt noch fester, presst nicht nur die Fersen, sondern die ganzen Fußsohlen auf den Boden, versucht möglichst gelassen durchzuatmen, um seinen Herzschlag unter Kontrolle zu bekommen, und sagt sich, dass sein Leben der Mühe wert war, dass er an den Gott glaubt, dem er vor Jahren abgeschworen hat. Aber der Stoß bei der Landung ist mild, er braucht sich überhaupt nichts einzureden: Er schlägt sich schlecht und recht durchs Leben, und Gott ist in Warragul, Victoria geblieben.

Ihm ist schwindlig. Er bekommt weiche Knie. Er spürt, wie die neuen Schuhe drücken, als er über die

Fluggastbrücke in die Transithalle geht. Wenn er jetzt die Wahl zwischen Weiterreisen und Umkehren hätte, dann würde er umkehren wie damals manche Auswanderer auf dem Waterman – als sie das Gerücht hörten, das Schiff hätte bei einem Sturm im Golf von Biskaya eine Havarie gehabt und müsse wahrscheinlich nach Rotterdam zurück – die feste Absicht hatten, von Bord zu gehen, auch wenn ihr Haus bereits in anderen Händen war. Aber er hat keine Wahl. Er hat zwei Stunden Zeit, sich zusammenzureißen, einmal die Vergangenheit und dann wieder die Gegenwart zu vergessen und sich an Bilder zu klammern, die ihm am liebsten und teuersten sind. Eine Frau. Sein Pferd. Die Hunde.

Die Hunde.

Wie hat er sie trainieren können, wie hat er einer Meute ungebärdiger Kelpies seinen Willen aufzwingen können, da er doch nicht im Stande ist, seinen Erinnerungen Einhalt zu gebieten und sie in ihre Umzäunung zu treiben, wie ist es ihm gelungen, nur mit einem Wort oder einem Blick Tiere zur Ruhe zu mahnen und gehorchen zu lassen, da er noch nicht einmal den eigenen Herzschlag mit vernünftigen Argumenten unter Kontrolle bringt?

Weil ein Hund keine Erinnerung ist, kein Herzklopfen. Weil man ihn dahin bekommt, wo man ihn haben will, wenn man ihn von klein an im richtigen Augenblick belohnt, im richtigen Augenblick bestraft, wenn man ihm immer dieselben Befehle mit ein und demselben Wort gibt, mit einem der achtzehn Hundeworte, und mit ein und demselben Pfiff, mit einem der sechs

Hundepfiffe. Weil man ihn anleinen oder notfalls in einem Zwinger an die Kette legen kann. Eine Erinnerung und ein Herz scheinen fügsamer als ein Hund, aber sie sind wilder, lassen sich nicht anleinen oder in einen Zwinger sperren.

»Down!« »Get back!« »Come around!«

Vom Sessel in der Transithalle aus gibt er in seiner Phantasie Befehle. Er macht die Augen zu. Seine Kelpies stürmen herbei und beginnen, eine Herde Merinoschafe im Uhrzeigersinn zu umkreisen.

»Come around!«, ruft er.

Die Klügsten stellen sich auf die Hinterpfoten, um die Herde zu überschauen und mit dem Blick die Schafe ganz am Rand zum Bewegen zu zwingen.

»Get back!«

Die Hunde rennen jetzt gegen den Uhrzeigersinn.

Ganz langsam setzt sich die graue Masse in Bewegung, wie ein Rad, eine Scheibe, eine gigantische Maschinerie, die sich horizontal über die rote Steppe langsam in seine Richtung schiebt.

Er pfeift.

Der Hund, der über die Rücken der Schafe zur anderen Seite des rotierenden Rads rennt, kommt zurück und wartet auf einen neuen Befehl. Johan gibt ihn mit den Augen. *Heel.* Kurz darauf wiederholt er mit der Stimme: »Halt. Nicht so übermütig, hörst du. Sitz. Bleib.«

Die Herde wirbelt näher heran. Die Transithalle des Flughafens von Singapur füllt sich mit Staubwolken und tausenden von Schafen, die erst bei Gate 42 zum Stehen kommen.

»Down!«, ruft er nun lauthals seinen Hunden zu. »Gut gemacht! Lasst sie hier ruhig ein paar Wochen weiden. Behaltet sie im Auge. Beschützt sie vor Dingos und Wildkatzen. Wenn ich aus Holland wiederkomme, darf nicht ein Einziges verletzt oder fortgeschleppt sein. Zeigt die Zähne. Setzt euch zur Wehr. Beißt tot.«

Erinnerungen sind keine Hunde.

Auch keine Pferde.

Sein Pferd ist sein bester Freund. Niemand kann sich zwischen ihn und die warmen Flanken zwängen, auch nicht die Zeit. Sein Pferd hat ein gutes Gedächtnis. Es ist treu. Mit Gewieher heißt es ihn willkommen, wenn er fort war, und es reibt den Kopf an seinem, als wollte es sagen: Ich habe die ganze Zeit an dich gedacht, keinen Augenblick habe ich dich vergessen, komm, schwing dich auf meinen Rücken, dann traben wir über die heiße Sandebene, bis wir in Ekstase geraten, bis wir kaum noch Luft bekommen, bis uns der Schweiß aus den Poren tropft und das Herz fast nicht mehr mitmacht. Das hat seine Frau nie gesagt oder nie gemeint, wenn sie sagte: »Du warst so lange fort, ich habe mich allein gefühlt.« Sein Pferd hängt an ihm, ohne auch nur etwas von seinem Leben zu wissen. Augen, Gebärden, der Geruch der Haut: Das reicht einem Pferd, darauf gründen seine Treue und Anhänglichkeit.

Eine Frau.

Eine Frau, aber welche?

Cecilia.

Ich tue einfach so, als flöge ich zu Cecilia zurück, denkt er. Nicht zu der ganzen Clique von Freunden, sondern zu ihr. Ich will mich sehnen. Wenn ich mein Herz und meine Erinnerungen doch nicht im Griff habe, dann will ich mich nach Cecilia sehnen, nach der ersten Frau, die ich in den Armen gehalten habe und nach der die Sehnsucht am stärksten war.

Die Maschine ist wieder aufgestiegen und nimmt Kurs auf sein Heimatland. Die Schafe und Hunde sind wieder dort, wo sie hingehören, seine Phantasie ist leer. Er kann sich glücklich schätzen: Keiner seiner Freunde vermag es, sich tausende Lebewesen gefügig zu machen. Aber du hast keine Kinder, werden sie sagen, du hast keine Frau; was nützen dir tausende gehorsamer Lebewesen, du hättest besser drei oder vier, die quer schießen, aber dich notfalls in den Arm nehmen.

Die Frau, die er geheiratet hatte, vertrug die rote Trockenheit nicht. Sie vertrug auch seine Beziehung zu den Kelpies und den Herden nicht. Er wollte Kinder mit ihr, aber sie vertrug auch seinen Samen nicht: Sie verschrumpelte innerlich, all ihre Flüssigkeit setzte sie in Tränen um, sodass nichts für die Liebe blieb. Sie hatte Heimweh. Heimweh nach den Schatten und den Platzregen des Nordostens, denn dort war sie geboren, umgeben von Wasser im Überfluss, zwischen Mangroven, die einander umschlangen, sich aufeinander stützten und so miteinander verwuchsen, dass die eine nicht mehr von der anderen zu unterscheiden war; auf dem kargen Boden des Südwestens dagegen standen die Karri- und Eukalyptusbäume weit auseinander. Ihr fehlten auch die Leguane und die Paradiesvögel und die nächtlichen Geräusche des Urwalds. Ihr fehlten die Männer, die rau, aber herzlich waren und die keine Vergangenheit in einem fremden Land hatten.

Du hast keine Kinder, Johan, werden seine Freunde sagen, wofür arbeitest du? Sein Herz gerät aus dem Takt. Er legt die Hände wieder locker in den Schoß und versucht, die Beine zu entspannen, indem er wieder nur die Fersenspitzen auf den Boden stellt. Wofür arbeitet er, für wen züchtet und schert er Schafe, für wen hält er in der Trockenheit Rinder, für wen setzt er sich der gnadenlosen Sonne aus, für wen bohrt er weiter Süßwasserbrunnen und baut Windmühlen? Diese Fragen hat er sich oft gestellt, ohne sie je zu beantworten, aber jetzt, auf dem Weg in seine Jugend wagt er es endlich, sich zu sagen: für eine Frau wie Cecilia.

Der Abschied von seiner Frau hat ihn ebenso wenig berührt wie der von seinen Eltern. Mitten in einer Nacht mit fast vollem Mond setzte er sie in Kalgoorlie in den Indian Pacific nach Sydney. Die Traurigkeit, die er auf der einsamen Rückfahrt nach Esperance empfand, brachte er nicht mit ihr in Verbindung, sondern mit dem Mond, an den er sich aus seiner Kindheit erinnerte, dem Mond, der, wenn er wach lag oder aus einem Traum emporschrak und sich ans Dachfenster stellte, vom schwarzen Himmel herab die Weiden und den Wald am Dorfrand beschien.

Es ist dunkel im Flugzeug. Er stößt an Beine, stolpert über verrutschtes Handgepäck und erreicht schließlich den Raum, wo das Kabinenpersonal vor sich hin döst. Er bestellt noch einen Whisky, einen doppelten.

»Ich bin kein Trinker«, beruhigt er sich. »Ich betäube mich bloß.«

Über Pakistan stolpert er zurück zu seinem Platz und gurtet sich wieder an.

Zeit und Zeitlichkeit sind Illusion. Eine Trennung zwischen Vergangenheit, Gegenwart und Zukunft gibt es nicht, auch nicht zwischen Leben und Tod. Das glauben die Aborigines, aber er ist keiner von ihnen, nicht einmal Australier, obwohl er diese Staatsangehörigkeit hat. Er ist ein Holländer, der mit dem Gedanken erzogen wurde, dass Zeit Geld ist und dass Zeitlichkeit sich berechnen lässt, und die eigene Erfahrung hat ihn gelehrt, dass sich zwischen Vergangenheit und Gegenwart Wendekreise und Ozeane befinden, genau wie zwischen Gegenwart und Zukunft. Leben und Tod sind in seiner Kultur Gegensätze voneinander.

Er ist betäubt, doch er sieht sich selbst haarscharf, wie er in seine Jugend zurückfliegt, er spürt schmerzhaft den Griff von Erinnerungen und Angst vor dem, was kommen wird, er weiß nur zu gut, dass er Schafe für nie geborene Kinder züchtet und dass er noch immer dabei ist, eine Rechnung mit einem längst verstorbenen Vater zu begleichen. Sind Zeit und Trennungen also doch Illusion?, fragt er sich; spielt sich das ganze Leben in einem einzigen alles umfassenden Punkt ab, und ist ein Treffen mit Jugendfreunden deshalb eine Absurdität?

Er starrt im Dunkeln vor sich hin. Die Turbulenzen haben aufgehört, und das Motorengeräusch ist jetzt ein beruhigendes Summen ohne Unterbrechungen oder Änderungen der Tonhöhe. Am besten, denkt er, übe ich in diesem Zustand der Betäubung, das Innere eines Opernhauses zu beschreiben. Wie jeder andere muss ich mit einer Frau, mit meiner, in eine Oper gehen können, in welche, das spielt keine Rolle; es geht allein um das Gebäude.

Auch zwischen Phantasie und Wirklichkeit gibt es nach dem Verständnis der Aborigines keine Trennung. Er hat in der Zeitung und in Zeitschriften genug Fotos gesehen, dass er die Treppen zum Eingang des Opernhauses von Sydney hinaufgehen kann, dass er sich und eine Frau, die seine, im Saal Platz nehmen und auf das Einsetzen der Musik warten sieht, er kann über das Innere des Gebäudes berichten, nach dem ihn die Freunde fragen werden, in das er aber nie einen Fuß gesetzt hat.

Und Phantasie und Wirklichkeit sind gleich stark. So könnte er auch statt seiner Einsamkeit eine glückliche Ehe bis in die intimsten Details schildern. Er könnte erreichen, dass Pieter, Gerbrand und Joost ihn beneiden und die vier Mädchen seine nicht vorhandene Frau.

Aber dann denkt er: Ich will versuchen zu schlafen, zu viel Unsinn der Aborigines hat sich mit Unsinn aus meiner Kultur vermischt. Natürlich gibt es Trennungen, natürlich gibt es Grenzen, auch an Stellen, wo ich sie nicht vermute, und natürlich gibt es Dämmerbereiche, wo die Übergänge zwischen allem und jedem fließend sind. Ich will aufhören, das Innere zu beschreiben, wenn meine Freunde nach wie vor meine Freunde sind, genügt ihnen das Äußere.

Gern würde er seinem Bewusstsein Befehle geben: Denk nicht nach! Schlaf! Gib kein Gefühl weiter! Hier über dem Schwarzen Meer würde er gern seinen Geist zur Aufgabe zwingen, damit er bis weit nach Deutschland hinein nicht zu existieren braucht. Lass mich für ein paar Stunden tot sein, würde er gern befehlen, scheintot, leblos, und gib mir danach alles wieder, was ich brauche, um dreißig Jahre zu überbrücken, alles, womit ich Cecilia zurückgewinnen und festhalten kann, so lange ich will.

Aber sein Geist widersetzt sich weiter dem Schlaf und dem Scheintod, auch sein Geist ist kein gehorsamer Hund. Bis weit nach Deutschland hinein denkt und träumt er. Als die Besatzung schließlich das Licht hereinlässt, das zu einer Zeit gehört, die in Esperance schon vorbei ist, blendet es ihn, obwohl seine Augen eine Sonne gewöhnt sind, die ihre Strahlen ungehindert von Wolken und Ozon in den roten Sand seiner Schaffarm schleudert.

Das Frühstück wird verteilt. Auf dem Boden liegt der Abfall einer ganzen Flugnacht. Es wird durchgesagt, die Temperatur am Zielort sei für die Jahreszeit nicht hoch, und ein heftiger Wind erfordere es, dass der Pilot in östlicher Richtung lande. Er zuckt mit den Schultern, östlich, westlich, was kümmert es ihn. Die blauen Decken werden eingesammelt, Namen und Adressen ausgetauscht, Gesichter verschönert.

Er bückt sich, um ein letztes Mal seine Schnürsenkel

zuzubinden und mit dem Taschentuch über die Schuhspitzen zu fahren. Als er sich wieder aufgerichtet hat, muss er lachen: Was für ein Unsinn, warum sollte er als feiner Herr ankommen müssen, wo er doch als Bauernjunge fortgegangen ist. Er will er selbst sein. Er will vor allem nicht schauspielern oder schönreden, das hat er noch nie getan, auch nicht früher, als er zur Clique gehörte. Nur wenn sie nach dem Opernhaus fragen, wird er sich geben wie ein Mann von Welt, der außerdem etwas für Tiere übrig hat, er wird Säle, Gänge und Bühne bis ins Kleinste beschreiben und so detailliert von den Kostümen erzählen, dass man meinen könnte, er wäre bis in die Garderoben vorgedrungen.

Es ist ratsam, die letzte Stunde des Flugs ruhig zu bleiben oder ruhig zu werden, sofern da Unruhe war, und die Aufmerksamkeit auf das zu richten, was ihn erwartet, nicht auf das, was er zurückgelassen hat. Auf was, nicht auf wen; an beiden Enden der Welt kommt er an und reist er ab, ohne dass Menschen damit zu tun haben. Er ist nicht in Perth, sondern in Sydney abgeflogen, weil er noch zwei ganze Tage Bedenkzeit haben wollte, weil er sich Gelegenheit geben wollte, zu der Einsicht zu kommen, dass er die Vergangenheit besser ruhen lässt; in Kalgoorlie ist er in denselben Indian Pacific gestiegen wie damals seine Frau, ohne dass jemand auf dem Bahnsteig stand und ihm nachwinkte und zurief: »Komm wieder, du wirst mir fehlen, bleib nicht zu lange weg!« Sein Vormann hat ihn vor dem Bahnhof abgesetzt und ist dann schnell nach Esperance zurückgefahren, weil die anderen Treiber ihn nicht entbehren konnten. Und auf Schiphol wird keiner auf ihn warten, weil er seine Ankunft nicht mitgeteilt hat, er will die Fahrt in sein Heimatdorf ganz allein machen, er will niemanden neben sich, der ihm den Weg in seine Jugend weist und in das Leben, das er hätte führen können, wenn die Russen nicht schon in Berlin gewesen wären und seine Eltern sich mit weniger Land zufrieden gegeben hätten.

Im Indian Pacific ist er zu keinerlei Einsicht gekommen. Zwei ganze Tage hat er versucht, gelassen nachzudenken, zwei ganze Tage sind seine Gedanken in alle Richtungen geeilt. *Come around,* hat er zu sich selbst gesagt, *come around, John.* Aber als der Zug am zweiten Vormittag nicht nur in Broken Hill, wo er während seines Streifzugs eine Zeit lang gearbeitet hatte, sondern auch in Bathurst anhielt, war er nicht darauf vorbereitet, und die Erinnerungen überfielen ihn, das Gesicht seiner Mutter, der Gestank abgezogener Kaninchen, das allererste Lachen des Kookaburra. Er wollte *»down!«* rufen, aber im selben Moment dachte er: Ich muss mich dreinfügen; Einsichten brauche ich nicht, ich gehe, wohin das Schicksal mich führt; ob ich nun hin- oder zurückgehe, ich gehe nach Hause.

Das Flugzeug steuert direkt auf den Deich von Enkhuizen zu. Dort wird es in ein paar Minuten landen, nicht auf Schiphol, sondern dort. Er wird aussteigen, als wäre er nur eben mal weg gewesen, um sich einen Hering zu kaufen. Er wird die Schuhe abstreifen und die Hemdsärmel aufkrempeln, sich mit unterm Kopf verschränkten Armen ins Gras legen und aufs Ijsselmeer hinausschauen. Er wird Steinchen übers Wasser springen lassen und in der Ferne die Masten von Schiffen sehen, die fahren, wohin sie wollen. Und dann wird er weinen, er wird tun, als ob er schwitzt, aber er wird weinen. Denn er kennt das Leben von Schiffen. Darling. Darling Harbour. Er ist ein Bauer, der es besser weiß.

4

Marietje schwankt zwischen einem Feueropal und einem Saphir. Zwischen Abenteuer und Treue. Zwischen einem Ring und einem Armreif mit Verschluss.

Die eine Liebe mit der anderen durcheinander bringen, das gehört zu ihrem Beruf. Aus Liebe kommt ein Bräutigam in ihre Werkstatt und gibt ein bindendes Schmuckstück in Auftrag, aus Liebe fleht ein Liebhaber sie an, ein Juwel zu fertigen, das Ehebruch bewirkt, Mütter legen Töchter an die Kette, Töchter die Mutter, und ein liebevoller Vater möchte das Familienwappen auf dem Feuerzeug oder auf den Manschettenknöpfen seines Stammhalters sehen. Mit einer glühenden Nadel kann sie in altes Metall einen neuen Namen schreiben, und sie befestigt einen neuen Stein anstelle des alten. Jedes Gefühl kann sie in Metall ausdrücken. Sie beherrscht die Kunst des Bindens, des Verführens, des Beschwörens. Sie kann glücklich machen.

Sie kann auch auseinander brechen und den Glanz

nehmen, sie beherrscht auch die Kunst des Umschmelzens von Form zu Formlosigkeit. Sie kann Namen und Daten wegfeilen, Illusionen umbiegen und platt hämmern. Sie hat es im kleinen Finger, Menschen eine beängstigende Freiheit wiederzugeben oder sie in ersehnte Fesseln zu legen. Sie vermag es, Unheil heraufzubeschwören: Sie weiß, welche Edelsteine Königinnen am Hals oder am Finger trugen, als sie einen geheimnisvollen Tod starben, sie weiß, welcher Stein Reisende vor einem Fall in die Schlucht bewahren kann und welcher den verhängnisvollen Stoß versetzt, welcher eine Geburt auslöst und welcher das ausgetragene Kind im Mutterleib erstickt. Obwohl sie im Auftrag anderer arbeitet, hat sie Macht.

Aber im eigenen Leben ist sie machtlos. Kein Ring hat einen Mann dauerhaft an sie gebunden, und jener eine Stein hat sie nicht vor dem Fallen bewahrt. Ihre Tochter ist nicht zu Hause wohnen geblieben. Sie gehört zu niemandem. Nur zu einer Sammlung Edelsteine und ein paar Silber- und Goldblechen.

»Meine künftige Frau hat das schönste Schmuckstück verdient, das Sie anfertigen können«, sagt der Mann, noch bevor er den Fuß über die Schwelle ihrer Werkstatt gesetzt hat. »Sie wird die Mutter meiner Kinder. Wir werden zusammen alt.«

»Gold«, sagt Marietje, nachdem sie scheinbar überlegt hat. »Eine Kette mit einem Herzen, das sich öffnen lässt, groß genug für ein Bildchen oder einen Namen oder eine Haarlocke. Runde Kettenglieder. Nahe am Hals.«

Er lacht.

»Bitte, drücken Sie aus, was ich nicht sagen kann. Männer sind nicht gut mit Worten. Mit unseren tiefsten Gefühlen können wir nicht umgehen.«

Wieder tut sie, als überlegte sie.

»Eine Brosche wäre auch möglich«, sagt sie dann. »Eine Brosche in Form einer Lilie und auf dem Stängel Platz für einen etwas größeren Diamanten und vier kleine, später.«

»Ich hätte lieber etwas, das sie jeden Tag trägt. Direkt auf der Haut. Sie soll jeden Augenblick an mich denken.«

»Eine leichtere Kette, die weit ins Dekolletee fällt.«

Sie sagt es nachdenklich, sie versucht, sich in eine Frau hineinzuversetzen, die demnächst einen Mann heiratet, der sie binnen eines Jahres zur Mutter machen wird, ohne dass sie weiß, welchen Unterschied das macht.

»Eine Kette, die ihr bis auf die Brüste fällt«, sagt sie fast vor sich hin; das Bild des tiefen Dekolletees wird jetzt von dem eines Kindes verdrängt, das gestillt wird, und dieses Bild ist so scharf, dass sie den Schmerz des Milchstaus, vermischt mit dem Genuss der vollkommenen Abhängigkeit spürt.

»Oder ein Ring«, sagt er. »Ein Ring, der den glatten Trauring in den Schatten stellt. Ein Ring mit einem möglichst großen Stein, am besten ein schamloses Rot.«

»Ein Karneol«, sagt sie.

Dem Glück anderer Form geben, das fällt Marietje nicht schwer. Dafür hat sie ein Paar gute Ohren, eine kleine Säge, eine Zange, einen Hammer und eine Feile. Die einzelnen Teile lötet sie aneinander, und das Ganze schmirgelt und poliert sie so lange, bis es glänzt. Bis es Glück ausstrahlt.

»Meine Tochter darf mir nicht entgleiten, auch nicht nach meinem Tod. Ich will, dass sie an mich als diejenige denkt, die ihr das Leben geschenkt hat und sie von allen Gefahren dieses Lebens abgeschirmt hat. Was für ein Schmuckstück kann ich ihr schenken, damit ich ihr so, als ein Schild, in Erinnerung bleibe?«

Marietje denkt nach, sie denkt wirklich nach, während die alte Frau sich am Werktisch abzustützen versucht. Ein Schild, diese alte Frau, die eine Stütze sucht, will als Schild fortleben, aber wer weiß, vielleicht sieht die Tochter einen Speer in ihr.

Sie schiebt einen Hocker an den Werktisch.

Die alte Frau setzt sich und legt die Hand auf den kleinen Amboss, nein, sie habe kein Foto von ihrer Tochter dabei, aber sie könne sie beschreiben, ihr Äußeres, ihr Inneres.

»Ihr Inneres?«

»Eine gute Mutter kennt das Innere ihrer Tochter. Eine gute Tochter hat keine Geheimnisse vor ihrer Mutter.«

Marietje denkt an ihre eigene Tochter, an das undurchdringliche Innere, an die Geheimnisse, die sie voneinander trennen, an die Unerreichbarkeit. Welche

Form würde sie selbst sich geben lassen, um zu ihrer Tochter durchzudringen, um in deren Erinnerung fortzuleben?

Die alte Frau umklammert mit der Hand die Ecke des Ambosses.

»Sie hat nie Geheimnisse vor mir gehabt«, sagt sie wieder. »Ich kann ihr Inneres bis in die dunkelsten Winkel beschreiben.«

»Vielleicht reicht mir ja das Äußere, ihre Augenfarbe, ihre Haarlänge, ihr Hals, ihre Hände; das Äußere sagt oft mehr über das Innere aus als vertrauliche Worte.«

Marietje spricht bedächtig; mit den Pausen zwischen den Sätzen schiebt sie die fremde Tochter und auch ihre eigene so weit wie möglich von sich.

»Welche Farbe haben ihre Augen? Ist ihr Mund breit? Sind ihre Hände zart?«

»Bis in die dunkelsten Winkel kenne ich ihren Kopf. Sie erzählt mir sogar ihre Träume.«

»Aber wie sieht sie aus?«

»Ihre Lippen sind schmal. Ihre Hände hart.«

»Ohrringe«, sagt Marietje. »Gehänge mit einer Perle. Umflorte Melancholie. Kein Schild.«

Verführen ist für sie ein Kinderspiel. Sie hat alle Rohstoffe und Werkzeuge dafür. Und auch das Talent.

Die verliebte Frau schiebt mit dem Fuß den Hocker beiseite, der noch immer am Werktisch steht. Sie will eine Silberschnalle für einen Herrengürtel; warum auch nicht?

»Ja, warum auch nicht?«

»Eine Schnalle in Form eines Pferdes«, sagt die verliebte Frau. »Er mag Pferde, alles, was durchgehen, aber von ihm in Schach gehalten werden kann. Er ist ein Mann, der alles im Griff hat, einer mit Lasso und Sporen, einer, der sich notfalls an die Mähne hängt. Er mag Frauen, die er bändigen kann.«

Marietje nimmt das Silberblech, aus dem ein trabendes Pferd hervorkommen soll. Schnauben, Schaum vor dem Maul, am Rande des Wahnsinns, denkt sie; mit einer knallenden Peitsche im letzten Augenblick zur Räson gebracht. Aber sie sagt: »Ein Pferd, das über eine Wiese trabt, den Kopf stolz erhoben, zierliche Beine, Flanken, die schimmern, wenn die Abendsonne darauf fällt.«

Die verliebte Frau ruft erfreut: »Sie verstehen Pferde!«

Ich verstehe dich, denkt Marietje.

»Sie verstehen, was Männer und Pferde verbindet!«

Diesen Mann und dich, denkt Marietje und beginnt, ein Rechteck von zwölf auf acht Zentimeter aus dem Silberblech zu sägen.

»Heute Abend mache ich den Entwurf, morgen können Sie ihn anschauen, und dann ist es nur noch eine Frage von Tagen.«

Die verliebte Frau ist begeistert.

»Was für eine Gabe, Gefühle aus einem Stück Metall herausholen zu können. Ich wollte, ich könnte das.«

»Wollen Sie mit mir tauschen?«, fragt Marietje.

»Nein«, sagt die verliebte Frau nach langem Zögern.

All das Schöntun mit Edelsteinen. All das Brandmarken in Silber und Gold.

Marietje ist ihres Berufs müde, nach fünfundzwanzig Jahren ist sie ihres Berufs müde. Das Pferd trabt noch im Silberblech, an den Ohrgehängen fehlen noch die wehmütigen Perlen, und die Glieder der Kette, die tief in ein Dekolletee fallen soll, sind noch nicht unlösbar miteinander verbunden.

Sie dreht den Lötkolben ab und hängt das Werkzeug an die Haken, aber die drahtene Liebe, die blecherne Leidenschaft und die ungeschmirgelten Andenken bleiben auf dem Werktisch liegen. Mit den Händen fegt sie den Feilstaub zusammen, dreißig Jahre Feilstaub. Sie erschrickt, sie wischt sich den Schweiß von der Stirn. Jetzt hat sie auch im Gesicht Feilstaub.

Sie legt die Deckel auf die Schachteln mit Edelsteinen. Das wird gären, geht es ihr durch den Sinn; so abgeschlossen von der Außenwelt wird es darin gären, und die Steine werden sich gegeneinander erheben, Sicherheit gegen Freiheit, Unglück gegen Glück. Wenn ich wiederkomme, werde ich ein Schlachtfeld vorfinden.

Sie schaut in den Spiegel: Ich bin fünfzig, und mein Gesicht glänzt, der Feilstaub reicht mir bis um die Augen, meine Augen strahlen vom Abfall der Sehnsucht anderer, der Gefühle anderer.

Aber warum ist ihr dieser Gedanke erst heute Morgen gekommen? Warum hat sie sich nicht schon eher mit den Händen voller Feilstaub übers verschwitzte

Gesicht gestrichen? Warum hat sie sich nicht schon vor Jahren vor den Spiegel ihrer Kunden gestellt, um bis in die dunklen Winkel des eigenen Kopfes zu blicken, um sich den eigenen Träumen zu stellen?

Sie hat nie jemanden an sich binden können. Nun da die Deckel auf den Schachteln liegen und das Werkzeug am helllichten Tag an den Haken hängt, hat sie niemanden um sich, zu dem sie sagen kann, dass sie der Sehnsucht und der Gefühle anderer müde ist und nach ihren eigenen suchen will.

Der Strand von Zandvoort? Das Städtische Museum oder das Kasino? Ein Straßencafé an der Gracht? Wo sucht eine ungebundene fünfzigjährige Frau jemanden, den sie an sich binden kann?

Am Strand von Zandvoort wirkt ihr Körper kahl und alt. Im Städtischen Museum hält sie sich so lange vor den Vitrinen mit Keramik und finnischem Schmuck auf, bis ihr im Kopf ganz leicht ist, und obwohl sie im Kasino gewinnt, wird sie nicht erregt, nicht berührt, nicht zum Essen eingeladen. Erst nach Mitternacht im Straßencafé spricht jemand sie von selbst an und spendiert ihr, weil er sie so schön findet und es noch so warm ist, ein Glas Weißwein nach dem anderen, bis sie den Feilstaub und die Perlen und den zweifelhaften Schild vergessen hat und nur noch weiß, wohin sie gehört, nein, nicht zu wem, sondern wohin.

Die Sonne geht bereits auf, als er sie gegen den Werktisch drängt und küsst. Erst lässt sie sich küssen, dann küsst auch sie. Hinter ihrem Rücken hört sie den metallischen Klang von Blechen, die sich übereinander schieben, und von sich verwirrendem Draht, und in den geschlossenen Schachteln prallen die edelsten Steine aneinander, als wären es Straßenklinker. Draußen vor dem Fenster schrammt ein hitziges Pferd mit den Hufeisen übers Pflaster, bereit durchzugehen.

Sie ist dabei, jemanden an sich zu binden. Sie umarmt ihn, sie klammert sich mit ihren geschmückten Händen an ihn, sie fleht ihn an zu bleiben, erst morgen oder am Tag darauf zu gehen und dann wiederzukommen. »Wir könnten zusammen an den Strand«, flüstert sie, und sie will auch noch sagen, dass sie in letzter Zeit beim Spielen Glück habe, aber er will nur küssen und streicheln und Worte ohne jedes Versprechen stammeln, am liebsten auf einer Couch oder im Bett. In den zugedeckten Schachteln hört sie den Aufstand ihrer Steine und hinter ihr auf dem Werktisch geben die Metalle den Ton der Liebe an, dieser Liebe, Straßencaféliebe, aber Marietje hört: »Ich liebe dich.«

Sie klammert sich noch an ihm fest, als er längst verschwunden ist. Zum Festklammern braucht sie keinen Körper, nur eine Erinnerung. Sie hängt sich an seinen Hals, presst sich an ihn, lässt ihn nur dann los, wenn sie sich in die Gefühle eines anderen versetzen muss, eines Mannes, der auf vier Kinder hofft, oder einer alten Frau, die ihre Tochter über den Tod hinaus vom Leben abhalten will, oder der Frau, die in einen Mann verliebt ist, der sie einmal im Zaum hält und ihr dann wieder die Sporen gibt.

Marietje hat sich gebunden. An einen Schatten. Aber indem die Tage und Nächte verstreichen, verblasst der Schatten, und wieder hat sie nichts anderes zum Festklammern als ihre Bleche und Schachteln. Sie geht zurück in ihre Werkstatt, nimmt das Werkzeug von den Haken, schließt den Sägebogen an und beginnt mit langsamen Bewegungen ein Pferd aus dem silbernen Rechteck zu sägen, irgendein Pferd, es lässt sie kalt, ob es trabend oder schnaubend oder gezähmt unter ihren Händen hervorkommt. Danach klemmt sie die weiße Melancholie in die Ohrgehänge und schweißt die letzten Glieder der langen Halskette dauerhaft aneinander. In der Fassung eines Rings befestigt sie Jade, ohne sich etwas dabei zu denken.

Festklammern führt zu Wegstoßen, aber Wegstoßen hat Wiederkommen zur Folge. Marietje bleibt an allen Wegstoßern hängen. Auch wenn sie verschwunden sind, sie lässt sie nicht los. Sie besitzt ebenso viele Schatten wie Steine. Auch diese hat sie aufgehoben und zugedeckt.

Vor einem Monat hat sie eine Einladung zu einem Fest erhalten. Alle ihre Freunde von früher kommen. Klara auch. Klara war die Erste, die sie wegstieß: Sie zog in die Welt hinaus und ließ sie zurück. Aber eigentlich hat Klara sie schon früher im Stich gelassen, eigentlich hat sie sie schon früher abgewehrt, nicht mit einer Gebärde, nicht mit Worten, sondern mit dem Tonfall der Worte und mit dem Blick, der nicht auf sie, sondern auf den Horizont gerichtet war: Klara konnte ohne sie auskommen, obwohl sie ihr beim Abschied auf einem Kai den Arm um die Schultern legte und Freundschaft fürs Leben gelobte. Sie aber konnte nicht ohne Klara auskommen.

Womit soll sie Klara zurückgewinnen, mit einem Ring oder einem Armreif mit Verschluss, mit einem Feueropal oder einem Saphir?

Neuer Feilstaub rieselt auf den Werktisch. Manchmal reibt sie ihn auf ihr verschwitztes Gesicht, sodass es, wenn Licht darauf fällt, an den Jochbeinen und um die Augen glitzert. Sie arbeitet verbissen. Sie biegt und brennt und walzt platt. Sie hat sich für einen Armreif mit einem fassettierten Saphir entschieden, dem Stein der Treue. Je glatter sie den Silberreif poliert, desto schärfer sieht sie darin, dass es dreißig Jahre sind, die sie mit ihrem Schmuckstück überbrücken muss. Dreißig Jahre, nachdem sie weggestoßen wurde, kommt sie zurück.

5

»Gehst du?«

Joost zuckt mit den Schultern.

»Ich würde gehen, Junge«, sagt seine Mutter. Sie legt ihre Hand auf seine. »Ich an deiner Stelle wäre neugierig. Neugierig und stolz.«

Er versucht, seine Hand unter ihrer vorzuziehen, aber sie hält ihn mit einer Kraft fest, die jedem fünfzigjährigen Mann Bewunderung abgenötigt hätte; nicht so ihrem Sohn.

»Du hast zwar keine Frau und keine Kinder, aber dafür die eindrucksvollste Lebensgeschichte. Du warst wahrscheinlich am weitesten weg. Du hast am wenigsten an dich selbst gedacht. Du hast die schwersten Opfer gebracht.«

Er hat beschlossen, sich nicht loszureißen, keine Antwort zu geben, sondern zu grinsen.

»Das ist eine Tugend, Junge.«

Genauso gut ist es ein Laster, denkt er.

»Ich an deiner Stelle würde hingehen.«

Sein Vater kommt in die Küche. Er ist auf einem Ohr taub, mit dem anderen hat er genug gehört, um für seine Frau Partei zu ergreifen: »Geh doch. Vielleicht sind nicht alle Mädchen verheiratet. Vielleicht ist schon eine Witwe dabei.«

Joost grinst. Eines der Mädchen Witwe; das Wort passt nicht zu seiner Erinnerung an sie, geschweige denn, was das Wort bedeutet: ein zerfurchtes Gesicht, von Sorgen gezeichnet. Die Mädchen waren fröhlich und schön. Nicht für zerfurchte Gesichter und Sorgen bestimmt.

Als der Vater ihm eine Zigarre anbietet, lässt die Mutter seine Hand los. Mühsam steht sie auf, um den Deckel von einem Topf auf dem Herd zu nehmen. Mit dem Rücken zu ihm gewandt, sagt sie: »Deine Lieblingssuppe. Tomaten.«

Er will schreien, aber er beherrscht sich. Er hat es sich angewöhnt, mit Schulterzucken und Grinsen sein Schreien zu unterdrücken, nichts von seinen Gefühlen zu zeigen.

»Nun geh doch, Junge.« Sie sagen es fast gleichzeitig.

»Nein, ich geh nicht. Ich hab wirklich Besseres zu tun, als im Garten eines Landhauses in Hollandsche Rading über Kinder und Aktien und Lebensversicherungen zu labern.«

Er erschrickt über das Wort, das verschiedene Sprachen überlebt hat, ohne Kraft einzubüßen. Auch seine Eltern erschrecken. Labern, das gehört zu einem anderen Menschenschlag, nicht zu ihnen.

»Mal sehen«, sagt er, um sie zu beruhigen. »Ich hab noch einen ganzen Abend und eine Nacht zum Überlegen. Und jetzt geh ich ein Stück spazieren.«

»Geh nicht zu weit«, sagt seine Mutter.

»Zum Bach.«

»Die Suppe ist fast fertig.«

»Dann stell die Flamme niedriger.«

»Wenn du in einer Stunde nicht zurück bist, fangen wir schon mal an.«

Als er am offenen Küchenfenster vorbei den Weg zum Bach einschlägt, hört er seinen Vater sagen: »Die Tage werden schon kürzer, bevor wir's uns versehen, müssen wir zum Essen wieder Licht machen«, woraufhin seine Mutter sagt: »Bevor wir's uns versehen, liegen wir unterm Boden.«

Mit dem Blick folgt er den vorüberziehenden Wolken und zuckt mit den Schultern.

Joost gehört nirgendwohin. Nicht in seine Erdgeschoss-Dreizimmerwohnung in der Provinzhauptstadt, nicht ins Jungenzimmer in seinem Elternhaus, nicht in das Land, in dem er geboren ist, auch nicht mehr in das Land, in dem er jahrelang gearbeitet hat. Und er gehört zu niemandem. Allenfalls zu seinen weltfremden Bürokollegen und zu den zwei alten Leuten, mit denen er seit seiner Rückkehr aus Mosambik fast alle seine Wochenenden verbringt.

Wie jeder hat er für das Leben, das er sich ausgesucht hat, einen Preis bezahlt, und wie jeder weiß er nicht, ob der Preis niedriger oder höher gewesen wäre, wenn er sich für das Gegenteil entschieden hätte. Er hätte in den Niederlanden bleiben können, aber er ist fortgegangen. Sein Gewissen und seine Fachkenntnisse im Bereich Wasserwirtschaft haben ihn in eines der ärmsten und trockensten Länder der Welt geführt. Schuld und Scham hatten schon Macht über ihn, als er jung war, die Bereitschaft, die Reisigbündel anderer zu tragen und die Steine anderer zu schleppen, schien ihm angeboren zu sein, wiewohl ihn seine Eltern immer wieder darin bestärkten, außer Acht zu lassen und zu vernachlässigen, was er an eigener Last zu tragen und zu schleppen hatte. Er hat weder an eine Karriere noch an eine glückliche Familie noch an Versicherungspolicen gedacht und ist ohne Zögern und mit leeren Händen auf den versandenden Kontinent geflogen, um Wasserquellen anzubohren, Rohrleitungen von der Küste bis weit ins Binnenland zu ziehen, und er hat geholfen, das Stromgebiet des Sambesi für hungernde, von

Kriegen aufgescheuchte Stämme bewohnbar zu machen. In der Trockenheit hat er sich mit Wasser beschäftigt bis zu dem Tag, als man ihn für den Feind hielt und die Kugel ihn in der Milzgegend traf. Nach einer Notoperation in Maputo wurde er in die Niederlande gebracht. Da ist er geblieben. Nicht aus freiem Willen, sondern auf ärztlichen Rat hin. Notgedrungen.

Bereits mehrere Jahre ist er am Umschulen. Dort hat er selbstständig vor Ort gearbeitet, hier ist er Verwaltungsknecht. Statt in der sengenden Sonne Brunnen zu bohren, zeichnet er Berechnungen und Berichte ab, statt eine Rohrleitung durch ein von Krieg heimgesuchtes Gebiet zu legen, faltet er aus Plänen Flieger, um sie ins Büro gegenüber zu schießen. Er ist noch immer dabei zu lernen, sich mit den Umständen abzufinden und in der Wohlstandsgesellschaft einen passenden Platz einzunehmen. Sich einen Pfad durch einen Urwald zu bahnen oder zwischen Krokodilen hindurch ans Ufer zu gehen, das hat ihm nie wirklich Angst gemacht, aber sich in einer behäbigen Alltäglichkeit einen Weg suchen zu müssen, das verursacht ihm Albträume und Herzklopfen. In allem und jedem muss er umlernen, sogar was seine Männlichkeit angeht, denn was dort im Stromgebiet des Sambesi von den Frauen bewundert wurde, gilt hier als verachtenswert: Das typisch männliche Verhalten von dort ist hier nichts wert. Er muss die hiesigen Frauen lieben lernen, die besonnenen hiesigen Frauen. Er muss lernen, mit ihnen zu reden, zu argumentieren, zu empfinden, er muss beim Notar eine gemeinsame Zukunft festschreiben lassen, statt Steinchen und Muscheln in den Sand zu werfen und darin eine Prophezeiung zu sehen. Er muss lernen, sie taktvoll zu berühren, sie taktvoll von sich zu schieben. Und er muss Vater werden, bevor es zu spät ist. Seine Eltern warten auf einen Erben.

Er liegt rücklings am Bachufer und starrt die vorüberziehenden Wolken an. Hin und wieder ahmt er den Ruf der Vögel nach, damit sie ihm antworten. Der Geruch von blühendem Gras und Geißfuß betäubt ihn fast.

Er knöpft sich das Hemd auf und streicht über die Narbe in Höhe der Milz. Damit lässt sich gut leben, mit einer verheilten Schusswunde. Auch mit der Erinnerung an den Schuss, an den Schmerz, an die Angst und den späteren Wunsch zu sterben. Schwierig leben lässt sich mit dem Gedanken, dass derjenige, der den Abzug spannte, ihn, den Wasserbringer in der Trockenheit, als Feind ansah. Nicht leben lässt sich mit dem Heimweh, dem Nicht-mehr-Zurückkönnen zu dem Ort, an dem er eine Daseinsberechtigung hatte.

Er ahmt den Kuckuck nach. Über das Summen des Spätsommernachmittags hinweg hört er eine Maschine das letzte Getreide dreschen. Über das Summen seiner Gedanken hinweg hört er Singen und Lachen, das Lachen von Marietje, mit der er zwischen diesen Blumen gelegen hat, die Schulbücher und Hefte unterm Kopf, oder vielleicht war es nicht hier, sondern ein paar hundert Meter weiter, oder zwischen den Butterblumen am anderen Ufer. Über das Summen seines Lebens hinweg hört er Pieters Stimme sagen: »Ich werde fünfzig.

Ein Grund, Rückschau zu halten. Ein Grund zum Feiern.«

Auch wenn er allein ist, grinst er, auch wenn er allein ist, zuckt er mit den Schultern. Er hört die Dreschmaschine näher kommen. Nicht nur sie, alles, was vor einer Stunde noch weit weg war, kommt nun auf ihn zu. Sogar die Wolken scheinen in seine Richtung zu kommen, obwohl der Wind sie südwärts treibt. Die Sirene ruft zum zweiten Mal Freiwillige von der Arbeit weg, damit sie einen Brand löschen oder gärendes Heu nass spritzen. Er könnte sich auf sein Rad schwingen, keiner versteht mehr von Wasser als er, keiner würde bei dieser Hitze so wenig davon vergeuden, aber er bleibt rücklings liegen, weil er teilweise umgeschult hat.

Wieder ahmt er den Kuckuck am Waldrand nach. Wenn ich doch nur wieder eine Frau hätte, denkt er dann. Eine, die nichts von mir weiß und keine Fragen stellt. Eine, die mir ahnungslos über die Milzgegend streicht und meinen Bürojob als Folge der Wirtschaftskrise sieht. Und für die die Vergangenheit nicht zählt, auch die eigene nicht, und der es kein Bedürfnis ist, dass die Zukunft in der Gegenwart eine Rolle spielt. Eine, die sich selbst genug ist. Und der ich genug bin, so wie ich hier liege, heimatlos, ziellos im blühenden Gras meiner Jugend.

Es dämmert bereits, als er aus dem Schlaf aufschreckt. Er steht auf, knöpft sein Hemd zu, spuckt in den Bach und geht dann mit langsamen Schritten den Sandweg entlang zu seinem Elternhaus zurück.

Die jungen Hunde bellen bei jedem Fremden, der sich dem Haus nähert, auch bei ihm. Er mahnt sie zur Ruhe, aber als sie stattdessen immer lauter bellen, schreit er sie an: »Schnauze halten! Ich bin hier geboren. Da ist *mein* Haus!«

Das ist nicht mein Haus, denkt er dann. Ich mag zwar hier geboren sein, aber ich habe mit diesem Haus nichts mehr zu tun, außer dass ich hier die Wochenenden verbringe. Wenn es nach mir ginge, würde ich noch heute Abend meinen Rucksack packen und zu den Hütten zurückgehen, zur erstbesten Bruchbude. Ich muss froh sein, dass die Hunde bellen, wenn sie sabbernd und schwanzwedelnd auf mich zukommen, ist es zu spät.

Seine Eltern sitzen kerzengerade da und warten auf ihn. Es ist ihnen anzumerken, dass sie Stunden, Jahre, Jahrhunderte auf ihn gewartet haben, aber sie sagen nur: »Die Tage werden schon kürzer.«

Ihre Worte und Blicke sind aufeinander abgestimmt, auch ihre Sorgen um den Sohn, der aus solch edlen Beweggründen nach Afrika gegangen ist, aber jetzt mit fünfzig seinen sesshaften Altersgenossen nachsteht und immer noch mit leeren Händen durchs Leben geht.

Er will ihren Blicken entfliehen. Aus ihrem Mund will er nicht hören, dass die Tage schon kürzer werden, weil sie damit meinen, er solle sich beeilen, neue Reisigbündel auf seine Schultern zu laden und für einen Erben zu sorgen.

»Wir haben schon gegessen«, sagt seine Mutter.

»Ich hab heute keinen Hunger.«

»Junge, du musst doch was essen«, sagt sie. »Ich meine, du seist jetzt dünner als bei deiner Rückkehr, obwohl es dort nicht gerade üppig herging.«

»Du musst was essen«, sagt nun auch sein Vater. »Wir haben die Suppe auf dem Herd stehen lassen. Wenn du magst, kannst du auch erst einen Schnaps trinken. Obwohl, ich schätze, bei dieser Hitze wird dir ein Bier lieber sein.«

»Wir haben kein Bier im Haus«, sagt die Mutter.

»Warum nicht?« Die Stimme seines Vaters klingt unnatürlich erstaunt.

»Bier ist ein Getränk für junge Leute. Und für Bauern. Nicht für uns.«

»Aber jetzt ist doch der Junge da.«

»Ich hab keinen Durst!« Er schreit es. Aber gleich darauf empfindet er Mitleid mit seinen Eltern, die mit achtzig ihre Lebensweise dem von ihnen idealisierten Sohn anpassen müssen, der sich für Außenstehende in nichts vom erstbesten unverheirateten Sonderling unterscheidet.

»Ich hab keinen Durst.«

»Du musst ordentlich essen und trinken, Junge. Bei diesen Temperaturen vergeudet man Energie, ohne dass man es merkt, das musst du doch wissen. Komm, nimm dir ein wenig Suppe.«

Seine Eltern eilen zum Schrank, um einen Teller zu holen. Auf einem der Borde steht ein Foto, auf dem er lachend an einem hohlen Baobab lehnt, in dem Wasser gespeichert wird. Er bittet seine Mutter, das Foto wegzuräumen.

»Wo willst du, dass ich es hinstelle?«

»Ich will, dass du's wegräumst. In einen Karton. In einen von den Kartons auf dem Speicher.«

»Was auf dem Speicher steht, gehört alles dir. Davon haben wir uns schon getrennt.«

Er zuckt mit den Schultern. Er kriegt seine Lieblingssuppe nicht hinunter. In der Ferne hört er wieder das Summen der Dreschmaschine.

»Die arbeiten heute aber lange«, sagt er zu seinem Vater.

»Weil ein Gewitter in der Luft liegt. Es war zu heiß die letzten Tage. Morgen schlägt das Wetter um.«

»Weißt du schon, ob du zu dem Fest gehst?«, fragt seine Mutter so beiläufig wie möglich, aber er weiß, dass sie den richtigen Moment abgewartet hat: den Wetterumschwung, den Herbst, der bereits in der Luft liegt, die letzte Chance.

»Mal sehen.«

»Dem hundertjährigen Kalender nach sind das jetzt die letzten trockenen Tage. Ziemlich riskant, um diese Zeit noch ein Gartenfest zu veranstalten.«

Sein Vater schenkt ihm wie jeden Abend, an dem er zu Hause ist, einen alten Genever ein.

»Wie geht's im Büro?«

»Gut.«

»Bist du nicht neugierig, was aus den anderen geworden ist?«, fragt seine Mutter. »Früher sah es so aus, als würdet ihr alle in dieselbe Richtung gehen und beieinander bleiben.«

»Was heißt beieinander bleiben? Jeder heiratet. Jeder

kommt irgendwo anders und in einem anderen Beruf hoch. Jugendfreunde entwickeln sich immer auseinander. Das ist auch besser so. Sonst bleibt man ewig der, der man war.«

»Wer warst du denn?«

Es ist die intimste Frage, die seine Mutter ihm je gestellt hat. Sie schaut nach draußen, als schämte sie sich. Sie schlägt eine nicht vorhandene Mücke tot.

Er grinst und trinkt sein Glas mit einem Zug leer.

»Das kann ich jetzt nach dreißig Jahren nicht mehr sagen.«

»Ein Grund mehr hinzugehen. Andere wissen oft besser, wer man ist, als man selbst.«

Woher nimmt seine achtzigjährige Mutter diese Weisheiten? Sie liest schon sehr lange keine Bücher mehr, und als einzige Lektüre kommt noch die Gemeindezeitung ins Haus. Gespräche führt sie nur mit seinem halb tauben Vater oder beim Einkaufen.

»Magst du noch einen Schluck?«

Das zweite und letzte Glas wird bis zum Rand gefüllt.

»Wie sieht es mit deinen Eingeweiden aus?«

»Gut. Bei der letzten Untersuchung war alles in Ordnung.«

»Und deine Malaria?«

»Ich hab schon lange kein Fieber mehr gehabt.«

»Würdest du noch zurückwollen?« Sie fragen es fast gleichzeitig, aber er kann keine Antwort geben, er hat den Genever zu hastig hinuntergestürzt.

»Ich glaub, ich geh schlafen«, sagt er nach einer

Weile. »Ich bin müde.« Und um einer neuerlichen Frage zuvorzukommen, fügt er hinzu: »Vom Nichtstun.«

»Gute Nacht, Junge. Schau nach, ob das Fliegenfenster gut zu ist. Droben sind viele Mücken, wenn ein Gewitter in der Luft liegt.«

Das Fliegenfenster ist zu. Die Tür zum Speicher ist zu. Er liegt rücklings auf dem Bett seines Jungenzimmers und starrt die Decke an. Am Waldrand ruft der Kuckuck, aber er antwortet nicht.

Noch zehn Jahre hat er bis zur Frührente, daran denkt er jetzt. Wenn er täglich fünfmal sein Zeichen unter einen Berichtsteil eines Entwicklungshilfeprojekts setzt, hat er noch ungefähr fünfzehntausendmal Abzeichnen vor sich; wenn er täglich fünf Papierflieger in den Luftraum schießt, ist sein Himmel bis dahin schwarz.

In Chicomo hat er Brunnen von gut sechzig Metern Tiefe gebohrt, sodass die Frauen aus der Gegend nicht mehr tagelang für ein paar Eimer Wasser gehen mussten. Aber während des Krieges kämpften die gegnerischen Parteien erbittert um die Brunnen und mehrere wurden zerstört, damit sie nicht dem Feind in die Hände fielen. Der Feind, das konnte jeder sein: ein Vater, ein Nachbar, ein fremder Stammeshäuptling, Söldner, Kindersoldaten, er, der gerade an einem der Brunnen das Zugseil und das Holzrad reparierte. Er, Joost.

Obwohl das Fliegenfenster zu ist, hört er Mücken. Malaria hatte ich schon, denkt er, aber verrückt werden kann ich noch. Trotzdem steht er nicht auf, um sie totzuschlagen.

Es ist bereits spät in der Nacht, als er denkt: Mir tut der Rücken weh, weil ich vom Wuchten und Schleppen verkrümmt bin, mein Kopf sitzt schief auf dem Rumpf, dadurch wird mein Blick in eine schiefe Richtung gezwungen, meine Schultern hängen nach vorn, meine Wirbel sind vom Kreuzbein bis zum Atlas verschoben und das Becken ist gekippt. Lässt sich solch ein verformter Körper noch einrenken? Wächst ein Fünfzigjähriger wieder gerade?

Und gegen Morgen denkt er: Ich muss mir flottere Kleidung kaufen und Romane lesen und klassische Musik hören. Zu Frauen darf ich nicht sagen »Ich hau jetzt ab«, sondern »Hier hast du meine Telefonnummer und Adresse, du kannst mich auch bei der Arbeit anrufen«. Ich muss einen Kasten Bier für die Wochenenden kaufen und beim Löschen helfen, wenn es brennt, denn warum sollte ich nur weit weg freiwilliger Helfer sein können, oder vielleicht sollte ich nur einmal im Monat nach Hause gehen. Und vor dem Treffen in Hollandsche Rading braucht mir nicht bang zu sein; selbst wenn sie noch so grobes Geschütz auffahren, mit Familien, Wochenendhäusern und Lebensversicherungen, ich werde mich mit meinen Kaimanen, Stammeskriegen und Narben behaupten.

Den Stich einer Malariamücke spürt man nicht sofort, das Gift der Stechmücken hier dagegen verursacht unmittelbar Schmerz, oder ist seine Haut in den letzten Jahren empfindlicher geworden? Er zieht sich die Decke weit über den Kopf, was bleibt ihm anderes übrig, was bleibt ihm anderes übrig als zu hoffen, dass er rasch einschläft und nicht träumt.

»Gehst du?«, fragen seine Eltern mit dem gleichen gespannten Tonfall, als er am nächsten Morgen die Küche betritt.

Er nickt.

Seine Mutter legt das Kartoffelschälmesser auf die Spüle und wischt sich die Hände an der Schürze ab.

»Willst du Kaffee?«, fragt sie wie obenhin, aber er hört ihrer Stimme an, dass sie erleichtert ist. »Oder einen Teller Haferflocken?«

»Kaffee. Schwarz.«

»Willst du keine schaumig geschlagene Milch reinhaben? Ich dachte, das magst du.«

»Schwarz.«

Sein Vater bietet ihm eine Zigarre an und sagt: »Wer weiß, vielleicht spielt die Zeit keine Rolle. Es wäre gut möglich, dass ihr wieder dort anknüpfen könnt, wo der Faden gerissen ist. Das erlebt man auch bei Kameradschaftstreffen von Soldaten. Sie reden nur über den Krieg, alles was danach passiert ist, fällt weg. Kaum haben sie einen Schluck getrunken, singen sie auch schon die Nationalhymne. Und sie erzählen Witze über Liebe und Tod, als stünden sie am Rand des Grabes.«

»Da haben sie auch gestanden.«

Er bittet seinen Vater um Feuer, obwohl er sonst nie so früh am Morgen raucht.

»Ich habe das auch gemacht, Junge, Witze reißen

und singen, als ob das Leben davon abhängt. Auf dem Treffen des achten Bataillons. Stoßtrupp. Die Hälfte ist umgckommen.«

Als sie beide über das soundsovielte Streichholz gebeugt dastehen, flüstert ihm sein Vater ins Ohr: »Fang neu an. Vergiss Afrika. Du siehst noch gut aus. Das mit deinen Eingeweiden brauchst du ja nicht zu sagen. Fang ein neues Leben an. Such dir eine Frau.«

»Willst du nicht doch Milch in den Kaffee?«, fragt seine Mutter. »Sie ist im Nu aufgeschlagen.«

»Ich geh Bier holen.« Um ein Haar hätte er die Worte geschrien. »Ich geh ins Dorf und hol Bier. Und Montag lass ich mich einrenken, dieser Bürostuhl ist Gift für meinen Rücken.«

Draußen reagiert er seine Ohnmacht an den Hunden ab: »Verdammt, warum schlagt ihr heut nicht an! Ich bin ein Fremder! Bellt! Knurrt!«

Ein Geruch nach Versengtem hängt über dem Tag. Er hat das Gefühl, dass ihm beim Einatmen Asche tief in die Lunge dringt und in den Blutkreislauf gelangt. Erst atmet er noch kraftvoll aus, aber nach ein paar hundert Metern Fußweg bemüht er sich nicht mehr. Er findet sich mit der Asche und dem Geruch nach Versengtem ab.

Auf der Brücke bleibt er stehen. So breit der Bach früher war, denkt er, so schmal ist er jetzt; was hat die Zeit mit all dem Wasser gemacht?

Während des ganzen Wegs ins Dorf sagt er immer wieder vor sich hin: »Ich kann nicht zurück, ich kann nie mehr zurück«, bis er sich keuchen hört.

»Großer Gott«, murmelt er, »ich bin alt.«

Erst auf dem Rückweg führt er den Gedanken zu Ende: »Und die anderen auch.«

6

»Du bist am schönsten von allen. Von allen Mädchen an Bord.«

Cecilia und Johan liegen matt vom langen Fahren an einem Deich, dem letzten, dem, der sie vom Erwachsensein trennt. Die Sonne sinkt als schwerer Feuerball ins Ijsselmeer. Es ist windstill.

»Du hast die schönsten Brüste. Den schönsten Mund.«

Er fährt ihr mit dem Zeigefinger über die Lippen. Johan, der unbeholfene, raue Johan, der Einzige von den Jungen, der Pferde lenken kann und nachts aus dem Bett geholt wird, um auf einer kalten Tenne ein Kalb aus dem verkrampften Leib einer Kuh zu ziehen, dieser Johan fährt mit dem Zeigefinger über Cecilias Lippen und lässt dann die ganze Hand ihren Hals entlang zur linken Brust gleiten.

»Du bist die Schönste. Ich lass dich nicht mehr los.«

Er umfasst ihre Brust so fest, dass sie die Fingerspitzen an den Rippen und die Nägel in ihrer Haut spürt.

»Ich will dich nie mehr loslassen.«

Cecilia lacht. »Morgen legen wir in Harderwijk an, und dann macht jeder von uns etwas anderes. Ich fange ein Studium an. Du wirst Bauer.«

Es ist, als würde er durch Brust und Rippen ihr Herz umklammern, als er sagt: »Ich muss ja Bauer werden, mein Vater will, dass ich Bauer werde. Ich muss alles über Tiere lernen. Und du studierst Psychologie. Eines schönen Tages verstehst du den Menschen.«

Cecilias Lachen rollt über das glatte Wasser. »Triebe gegenüber Verstand!«

Ihr Lachen erschreckt ihn, und er lässt sie los. Erst nach einer Weile sagt er: »Ja, Triebe gegenüber Verstand.«

Cecilia glaubt, sie habe ihn gekränkt. Sie schmiegt sich an ihn. »Vielleicht kommt es ja anders«, sagt sie. »Vielleicht lernst du so viel über Tiere, dass du sie irgendwann verstehst, und ich drehe eines Tages durch.«

Ein Stück weiter am Deich liegen die anderen. Sie dösen, lachen schallend, lassen Steinchen übers Wasser springen und füttern die Möwen mit Brotrinden, sie rufen, dass sie demnächst zum Hafen zurückgehen, sie wollen am letzten Ferienabend auf die Freundschaft und die Freiheit trinken, sie rufen auch: »Johan, pass auf, dass du mit deinen Bauernpranken Cecilia nicht das zarte Herzchen brichst!«

Johan hat die Augen geschlossen.

»Was, glaubst du, ist letztendlich stärker«, fragt Cecilia, »der Körper oder der Geist? Was, glaubst du, bestimmt unser Verhalten?«

»Der Körper«, sagt er nach langem Überlegen. »Die Triebe. Der Instinkt. Und was glaubst du?«

»Ich glaube, dass der Geist stärker ist. Jedenfalls hoffe ich das. Das Tierhafte macht mir Angst.«

Er reagiert nicht. Er ist auf einer Tenne und in Ställen groß geworden, er hat Tod und Fortpflanzung direkt vor der Nase gehabt. Aber er bekommt fast nur Einsen in Mathematik und Physik, er brilliert in logischem Denken. Und im Speerwerfen. In allen Sportarten, in denen es auf Disziplin und genaue Berechnung ankommt.

»Ich hoffe«, sagt Cecilia, »dass der Geist dem Körper seinen Willen auferlegt, das würde ich nur zu gern beweisen. Am liebsten ginge ich in die wissenschaftliche Forschung.«

»Am liebsten küsse ich dich.«

Er schlingt die Arme um ihren zierlichen Körper, er drückt sie mit seinem eigenen Gewicht fast in den Deich hinein, und dann, nach Minuten, die wie Stunden anmuten, liegt seine Hand wieder auf ihrer linken Brust, gleitet sie am Hals entlang zurück zu ihrem Mund, ihrem ganzen Gesicht.

»Weinst du, Cecilia?«

Sie hört an seiner Stimme, dass er fürchtet, er könnte ihr wehgetan haben.

»Mir ist warm«, sagt sie. »Ich schwitze.«

Als sie Hand in Hand über den dunklen Deich zur Kneipe im Hafen gehen, sagt er wieder: »Du hast die schönsten Brüste von allen. Am liebsten möchte ich sie immerzu festhalten. Aber morgen ist alles vorbei.«

Erst als sie spätnachts angeheitert nach dem Liegeplatz des Botters suchen, sagt er: »Hab ich dir schon erzählt, dass meine Eltern auswandern wollen? Nach Australien. Sie haben Angst vor den Russen. Sie meinen, es gebe wieder Krieg. Und sie meinen, dass sie nicht genug Land zum Verteilen an ihre Söhne hätten. Sie wollen möglichst weit von hier einen größeren Hof kaufen und neu anfangen. Wenn sie gehen, muss ich mit. Ich habe keine Angst vor den Russen, auch nicht vor einem Krieg, und ihr Land kann mir gestohlen bleiben, aber wenn sie gehen, muss ich mit, hörst du, Cecilia? Sie sagen, ich sei zu jung, um allein hier zu bleiben, sie wollen die Familie zusammenhalten. Ich muss mit, hörst du? Ich würde gern in Delft studieren, aber ich muss Bauer werden. Ich muss mit!«

Sie legt ihre freie Hand an seine Wange.

»Du weinst ja.«

»Ich schwitze.« Er fährt sich mit dem Arm übers Gesicht. »Ich schwitze mich zu Tode. Ich kann keine Hitze vertragen. Schon deswegen müssten sie mich hier lassen. Mir ist in der Kälte am wohlsten.«

Erst vor kurzem wurde an das Bild, das Cecilia von sich selbst hatte, das Messer gesetzt. Ein kleines, sehr scharfes Messer hat mit erstaunlicher Präzision einen Einschnitt an der linken Brust gemacht, ist hineingeglitten, hat freigelegt und losgeschnitten, was ihrem gesunden Körper fremd war, hat härtestes Gewebe, dünnste Häutchen, feinste Haargefäße vom Elastischen, Starken, Nichtbefallenen gelöst, hat genauso lange geschnitten und geschabt, bis nichts Fremdes, aber auch nichts Vertrautes mehr übrig war, hat es schließlich einer Nadel und einem Faden überlassen, einen möglichst unauffälligen Streifen durch das Bild zu ziehen, das sie von sich selbst hatte. Eine schöne Frau in der Blüte ihres Lebens. Eine glückliche Ehefrau, fast fünfundzwanzig Jahre mit demselben, erfolgreichen Mann verheiratet. Mutter zweier Kinder, die in den Vereinigten Staaten studieren und in den Ferien immer nach Hause kommen. Eine Psychologin auf dem Höhepunkt ihrer Karriere.

Cecilia hat über die Beherrschung des Tierhaften im Menschen cum laude promoviert. Sie weiß genau, welcher Teil des Gehirns welche Körperfunktionen steuert. Sie weiß, in welchen Windungen und Höhlungen des Kopfes sich die Gefühle verstecken und wo das Triebleben angesiedelt ist. Sie weiß, woher Schuld und Scham kommen, wer davon gequält wird und wer frei davon bleibt. Bei Menschen, die den Boden unter den Füßen verloren haben, appelliert sie an die Vernunft, das Unvernünftige bremst sie ab; sie vertritt nicht die Überzeugung, dass innere Befreiung durch Schreien oder hemmungsloses Weinen erreicht wird oder indem man einander mangelnde Liebe, Unverständnis oder Groll ins Gesicht schleudert; sie misst dem Stand der Gestirne zur Geburtsstunde keine Bedeutung bei. Der Mensch habe sein Schicksal zu einem großen Teil selbst in der Hand, behauptet sie auf Kongressen und in Publikationen, er sei seinen Gefühlen und der alltäglichen Willkür nicht ausgeliefert, auch nicht den Launen des Körpers, denn Schmerz lasse sich bezwingen und Verfall durch Training und Willenskraft hinauszögern. Mit den Worten »nur der Tod ist eine unabänderliche Tatsache«, beschließt sie stets ihre Ausführungen, »nur der Tod ist stärker als wir«.

Sie zündet sich eine Zigarette an und inhaliert tief.

Hat die Leidenschaft sie nicht auf andere Gedanken gebracht, hat die Angst sie nicht an ihren Behauptungen zweifeln lassen, hat die Eifersucht die Schlussfolgerung aus ihrer Forschung nicht untergraben? Auch nicht ihre eigene Leidenschaft, ihre eigene Angst, ihre eigene Eifersucht?

Sie inhaliert so tief, dass ihre Lungenspitzen brennen. Gib das Rauchen auf, haben die Ärzte gesagt. Trink keinen Kaffee und Alkohol mehr. Leb so gesund wie nur möglich weiter. Fang nicht an zu grübeln. Vergiss nicht, dass du dich auf dem Gebiet des Willens ausgezeichnet hast.

Haben die Geburten ihrer Kinder sie nicht wieder nachdenklich gemacht? Hat dieser unkontrollierbare Schmerz, haben diese nicht in den Griff zu bekommenden Kontraktionen, der unvermeidliche Verlust der körperlichen Würde, die anschließende Schwermut ihre wissenschaftlichen Befunde nicht ins Wanken gebracht?

Jetzt brennt auch das Gewebe in ihrer Kehle. Gib das Rauchen auf. Leb so gesund wie möglich weiter. Grüble nicht.

Ihr Mann war nicht dabei, als sie ihre Kinder zur Welt brachte. Sie wollte nicht, dass er sie in ihrem primitivsten Zustand sah: blutend, stöhnend, keuchend wie ein Tier. Sie hatte ihn weggeschickt. Gebären tut man allein, hatte sie schon früher einmal zu ihm gesagt, Gebären und Sterben tut man allein. Aus Stolz? Ja, aus Stolz. Aber mehr noch aus Vernunft. So glücklich man auch verheiratet ist, in Momenten, in denen es um Leben und Tod geht, ist man allein. Es ist peinlich, wenn jemand, der keine Schmerzen hat, mit einem keucht. Es ist peinlich, wenn jemand, der zurückbleibt, so tut, als ginge er mit.

Cecilia zieht das neue Kleid mit dem Ausschnitt an. Ihr Wille hat sie gestern ins Kaufhaus Bijenkorf getrieben, ihr Wille hat sie in der Anprobekabine zwischen zwei übers Eck stehenden Spiegeln und unter einer unbarmherzigen Neonröhre aufrecht gehalten, ihr Wille hat zwischen einem hochgeschlossenen und einem ausgeschnittenen Kleid gewählt. Wenn sie ihren Gefühlen nachgegeben hätte, wäre sie zu Hause geblieben und hätte die Einladung zu dem Treffen zerrissen, hätte sie den ganzen Nachmittag über in ihrer Phantasie »du hast die schönsten Brüste von allen« aus dem Mund des Jungen gehört, der sie nicht loslassen wollte, es aber doch tat, weil er in Australien umgeben von Tieren leben musste und zu seiner Verteidigung sagte, er schätze die Kraft des Körpers höher ein als die des Geistes.

Die Hierarchie, die sie im menschlichen Verhalten entdeckt hat, und die Art und Weise, wie sie das Unsichtbare kartiert hat, wurden immer wieder angegriffen, ihre wissenschaftlichen Beweise seien nicht schlüssig, hieß es. »Nein, natürlich nicht«, hat sie auf die Kritik hin geantwortet, »nichts im Leben ist schlüssig; bei unserem Verhalten ist immer etwas im Spiel, von dem wir nichts wissen, unter der untersten Schicht ist immer noch eine weitere, noch ein weiterer Beweggrund hinter dem, was vermutet oder eingestanden wird, aber dennoch habe ich allen Grund für meine Überzeugung, dass das eine dem anderen untergeordnet ist, Wechselwirkung ist viel zu schwach ausgedrückt.«

Sie findet den Ausschnitt zu tief. Den Streifen zu feurig. Ihr Haar zu dünn und zu kurz. »Du bist am schönsten von allen Mädchen an Bord«, hört sie Johan sagen; wahrscheinlich sind die Körper aller Mädchen dem ihren nun über. Sie hat zwar einen Doktorgrad in Geisteswissenschaften, aber nur noch eine Brust, und alles Übrigen ist sie sich nicht mehr sicher. Zu viel Schweiß auf der Stirn, wenn sie sich angestrengt hat. Verzweiflung, wenn sie wach liegt.

Auch bei einer Abtreibung ist man allein. Und bei einer Fehlgeburt. Es ist peinlich, wenn der Mann, der einen liebt, eine Verbindung zwischen Erotik und geronnenem Blut mit einem Klümpchen Leben darin herstellt. Ihr Mann ist oft auf Reisen. Als sie nach der Brustoperation aus der Narkose zu sich kam, war er zu einer diplomatischen Mission in New York. Auch zu sich kommen tut man allein. Da mag man noch so lange und glücklich verheiratet sein. Jeder, der schon einmal aus einer schweren Narkose zu sich gekommen ist, weiß, dass die Vergangenheit nicht zählt. Was zählt, ist das Heute von Sekunde zu Sekunde, ist die Stimme, die einen laut und ungerührt immer wieder beim Namen ruft, sodass man sich daran festklammern kann, ist der Finger, der einem fachkundig einen Tropfen Wasser auf den ausgetrockneten Lippen verstreicht.

Was ist es am Verhalten von Tieren, das mir seit meiner Kindheit Angst macht, und was ist es am Verhalten von Menschen, das mir ein Gefühl der Sicherheit gibt?

In letzter Zeit stellt sich Cecilia diese Frage immer öfter. Sie müsste es besser wissen. Tagtäglich werden Seelen vor ihr entblößt, Gehirne aufgefaltet. Sie liest Zeitungen und Zeitschriften. Ihr Mann reist durch die ganze Welt und berichtet öffentlich über Komplotte und Kriege, über den Überfluss unmittelbar neben der Not, über Verzweiflung und Wahnsinn im großen Maßstab. Wiegt ihre Angst vor den Pferden, die über die Sandwege ihrer Jugend jagten, vor den knurrenden Wachhunden, dem sich paarenden Vieh – wiegt diese Angst ihr Wissen auf?

Sie inhaliert so tief wie nur möglich. Als wollte sie einen Rauchvorhang zwischen früher und jetzt legen, zwischen ihre Erinnerungen und die Wirklichkeit. Sie steht vor dem Spiegel und raucht. Im Zimmer nebenan führt ihr Mann ein Gespräch über den Flüchtlingsstrom aus dem Kosovo, der sich wie eine träge Schlange durch die Berge Albaniens windet. Sie hört, wie er ärgerlich wird, die Geduld verliert, Drohungen ausstößt, aber sie legt einen Rauchvorhang zwischen ihre Erinnerungen und die Wirklichkeit und stellt sich vor dem Spiegel zum soundsovielten Mal die Frage: Warum machen mir Tiere mehr Angst als Menschen, warum fürchte ich mich mehr vor dem, was die Triebe anrichten, als vor dem, was der Verstand anrichtet?

Der Streifen ist zu feurig für ein Fest, ihr Haar zu dünn. Dennoch treibt ihr Wille sie auch noch in ein Schuhgeschäft, um ein paar hochhackige Pumps zu kaufen, und anschließend kauft sie Make-up in der Farbe des Kleides, das trotz des dezenten Halsausschnitts schamlos zeigt, was fehlt. Es ist auch ihr Wille, der sie, als sie erschöpft nach Hause kommt, in das Gespräch über den Flüchtlingsstrom treibt; wenn sie sich ihren Gefühlen überließe, könnte ihr Selbstmitleid manchmal das Mitleid mit der Herde vor Angst durchgehender Menschen überwiegen, für die nur noch das Tierhafte zählt: leben, leben um jeden Preis.

Leben um jeden Preis? Wieder zündet sie sich eine Zigarette an. Muss sie sich zur Wehr setzen, nun da auch sie unter Beschuss steht, nun da auch ihr Haus angezündet wurde und ihr alle Sicherheiten genommen sind?

»Aber nein, mir passiert schon nichts.«

Diese Worte wiederholt sie, als ihr Mann nach dem Gespräch über die flüchtenden Kosovaren seine Besorgnis wegen des Treffens in Hollandsche Rading äußert. »Es wird mir geradezu gut tun, meine Freunde von früher zu sehen, nicht nur meine Freunde, sondern auch mich selbst, wer ich war und was ich dachte, bevor ich unser Dorf verlassen habe.«

»Ich begleite dich.«

»Zu einem Treffen mit Jugendfreunden geht man allein. Ehepartner stören dabei nur. Und Kinder auch.«

»Dann bringe ich dich hin und hole dich wieder ab.«

»Es ist ein altes Landhaus mit großen Rasenflächen

drumherum. Setz mich einfach an der Straße davor ab, dann gehe ich das letzte Stück zu Fuß. Ich will, dass sie mich so ankommen sehen, wie ich war. Heil. Allein.«

»Glaubst du nicht, Cecilia, dass jedem mit fünfzig etwas fehlt oder dass er etwas zu viel hat oder vielleicht sogar nicht mehr wieder zu erkennen ist? Wenn es wirklich ein Landhaus ist, dann fahre ich dich bis an die Freitreppe.«

Cecilia verliert an Boden, und der Nachmittag hat gerade erst angefangen. Ihr Titel und ihre Familie sind von ihr abgefallen, sie weiß, welcher Teil ihres Gehirns welche Körperfunktion steuert und dennoch ist sie nicht im Stande, den Kontakt herzustellen, die Vernunft schürt ihre Verzweiflung nur noch, der Streifen durch ihr Selbstbild ist nun, da sie ihr Festkleid anhat, deutlicher sichtbar als vor einer Woche, röter, gnadenloser.

Was stellt der Körper mit uns an? Wer führt letztendlich den Befehl über uns?

Sie flieht einstweilen in der Zeit zurück. Jetzt sind auch die Lorbeeren ihrer wissenschaftlichen Forschung von ihr abgefallen, jetzt stehen die Bücher noch unangerührt in der Universitätsbibliothek, jetzt müssen ihre Probanden noch geboren werden. Und jetzt, noch weiter zurück, liegt sie mit den schönsten Brüsten der Welt am Deich bei Enkhuizen und stellt die Frage, die ihr Leben bestimmen soll und auf die sie noch keine Antwort weiß. Johan schon. Aber Johan schifft sich ein. Er reist mit seiner Antwort ab zu einem brachliegenden Stück Land im Süden Australiens, gegen seinen Willen, während sie sich in einer ungeheizten Studentenbude in Amsterdam immer mehr in ihre Frage verbeißt. Sie dunkelt den Teil ihres Gehirns ab, in dem die Erinnerungen an den Deich und den Botter, die Bauernhöfe und den Bach zur Eem gespeichert sind, manchmal dunkelt sie das ganze Dorf ab, damit möglichst viel Licht auf die Stadt und die Bücher und ihre Probanden fällt; erst auf ihre mürbe gemachten Mäuse, auf ihre Katzen in der Enge, danach auf ihre in die Enge getriebenen und mürbe gemachten Menschen. Manchmal dunkelt sie ihre Jugend ab, damit möglichst viel Licht auf ihre Zukunft fällt.

Noch eine Zigarette. Tief inhalieren, damit die Schleimhaut weiter brennt. Kräftig ausstoßen, damit der Rauchvorhang sie von der Frau im Spiegel trennt. Die Abdunklung wegnehmen, damit sie wieder den Bach durch die Weiden fließen sieht. Ihren Geist anweisen, dass er ihr für einen Nachmittag ihre linke Brust wiedergibt.

Der Zeitunterschied.

Dass sie das vergisst: Bei ihr ist es sechs Stunden später als bei den Kindern, und wäre ihr Mann noch verreist, wäre es bei ihr auch später als bei ihm. Wenn ihrer beider Leben doch nur besser aufeinander abgestimmt wären, wenn sie doch nur synchron verliefen, synchron bis zum Ende.

Aber sie schlafen noch. Oder sie sind nicht zu Hause. Oder sie haben Stöpsel in den Ohren, weil sie von niemandem gestört werden wollen.

Cecilia gibt nicht auf. Sie wählt erneut, immer und immer wieder, sie lässt das Telefon unzählige Male läuten, weil sie heute um jeden Preis zu ihren Kindern durchdringen will. Aber sie schenken ihr kein Gehör. Sie nehmen nicht ab. Sie schließen sie aus.

Dass sie das vergisst: Eine Mutter kann man ausschließen. So wie man auch ein Kind ausschließen kann. Von Anfang an, früher noch, noch vor der Geburt kann die Nabelschnur abgebunden werden. Menschen sind keine Tiere, der Geist ist dem Körper manchmal voraus, der Geist kann schneiden und zerreißen und abbinden, was vom Körper zusammengehalten wird. Üblicher ist aber das Gegenteil: Der Körper stößt ab, der Geist hält fest.

Sie gibt nicht auf, sie wählt die Nummer immer wieder. Bevor sie zu dem Treffen geht, will sie mit ihren Kindern reden. Auch die hat sie abgedunkelt, damit mehr Licht auf sie selbst und ihre Zukunft fiel.

»Bleib doch zu Hause, Cecilia.«

»Mir passiert schon nichts. Wenn wir zu acht sind, fühle ich mich sicher.«

Er sieht sie ungläubig an.

»Ich habe mich nie stärker und sicherer gefühlt als mit ihnen. Nein, nicht mit dir. Nein, nicht mit dir und den Kindern. Nein, auch nicht mit dem Titel vor meinem Namen oder der Warteliste mit Patienten oder dem Geld auf der Bank. Wirklich sicher habe ich mich nur damals mit ihnen gefühlt.«

»Du idealisierst. Fünfundzwanzig Jahre lang hast du nicht von diesen Freunden gesprochen, ich wusste nicht einmal, dass es sie gibt. Du hast immer gesagt, du seist früher eine Einzelgängerin gewesen, aber jetzt tust du gerade, als hättest du zu einer Bande gehört.«

Sie müssen beide lachen.

»Die Bande vom Barnevelder Bach.«

Sie hört sich lachen, weit weg, fremd.

»Du als Mitglied einer Bande! Seit ich dich kenne, tust du alles allein!«

Dass sie das vergisst: Sie war eine Einzelgängerin. Von Kind an hat sie dasselbe gesehen wie Johan und die anderen. Auch sie ist in der Nähe von Ställen aufgewachsen, obwohl ihr Vater nicht Bauer war, im Gegenteil, er war Notar und arbeitete ausschließlich mit dem Kopf. Auch sie hat Vieh ausbrechen und Pferde durchgehen sehen. Auch sie hat Paarung, Geburt und Tod von nahem gesehen. Sie hat dasselbe gesehen, aber sie hat es anders gesehen. Was für ihre Freunde selbstverständlich war, machte ihr Angst. Sie war nicht Mitglied einer Bande. Sicher hat sie sich nie gefühlt.

»Nächste Woche muss ich nach Tirana«, sagt ihr Mann kurz darauf. »Vorhin habe ich wieder einen Anruf bekommen. Im Kosovo sind ganze Dörfer ins Treiben gekommen. Jung und Alt schleppen sich durch den Schmutz zur albanischen Grenze.«

Cecilia erschrickt. Wenn jemand ins Treiben gekommen ist, dann ist das sie, sie ganz allein, hier in diesem Haus. Ihr Feind beschießt sie nicht aus der Luft oder von Hügelkuppen aus, er befindet sich in ihr und ist weder mit Bombardements noch mit Diplomatie zu besiegen.

»Geh doch nicht«, sagt sie. »Bleib doch bei mir.«

Er blickt auf. Noch nie hat sie in einer Notlage zu ihm gesagt: »Geh doch nicht, bleib doch bei mir.« Sie hat ihn nachgerade in die Welt hinausgeschickt. Sie hat an seine Friedensmissionen geglaubt, an politischen Druck statt militärische Aggression. Und nun da ein grausamer Krieg so in der Nähe wütet, soll er zu Hause bleiben müssen?

»Wir müssen die Barbaren zur Vernunft zwingen. Sonst geht ganz Europa drauf.«

Er hat Recht. Barbaren müssen zur Vernunft gezwungen werden, der Wildwuchs muss aufgehalten werden. Jeder Wildwuchs, jede Form von Barbarei, jedes Chaos, alles was sich der Kontrolle der Vernunft entzogen hat. Darum geht es im Leben, im Großen wie im Kleinen. Sie muss dankbar sein, dass sie das schon in jungen Jahren gefühlsmäßig erfasst hat und dass sie ebendieses Erfassen und später das Forschen und Darlegen zu ihrem Beruf hat machen können, sie muss dankbar sein, dass sie ihr Wissen und ihr Talent hat entwickeln können. Aber als ihr Mann wieder sagt: »Wir müssen ihnen Einhalt gebieten, sonst geht ganz Mitteleuropa drauf«, schreit sie heraus: »Lass die das doch selber ausfechten! Bleib bei mir, *ich* geh drauf!«

So viele Körper sind von feurigen Streifen gezeichnet. Auf so vielen Stirnen perlt Schweiß. So viele Gehirne haben die Kontrolle über das verloren, was beherrschbar und untergeordnet schien. Aber Cecilia spürt nur den eigenen Streifen, den eigenen Schweiß, die eigene Verzweiflung. Mitteleuropa ist für sie jetzt ein Schlagwort, und ebenso große Schlagworte sind Cerebellum, Hypothalamus, Rinde, Lappen, Zirbeldrüse.

Um vier Uhr streicht Cecilia ihr Kleid glatt. Vor dem Spiegel schminkt sie sich aufreizend und kämmt sich viel Gel ins dünne Haar. Jeder Schrecken verliert seine Macht, wenn man ihn oft genug sieht und überdenkt. Kosovo, ausfallendes Haar, linke Brust, der selbst erbrachte wissenschaftliche Beweis, der durch die eigene Erfahrung demontiert wurde: Man gewöhnt sich an jeden Schrecken.

»Nimm eine Jacke mit«, sagt ihr Mann. »Und Schmerztabletten. Trink Wasser, keinen Champagner oder Wein. Und lass dich von der Barnevelder Bande nicht unterkriegen. Wahrscheinlich hast du von allen acht am meisten erreicht.«

»Mein einziges Problem ist die Schwüle.«

»Du bist die schönste Frau der Welt«, sagt er und legt ihr die Hände auf die bloßen Schultern. »Alles an und in dir finde ich schön.«

Sie sieht ihren Mann so ungläubig an, wie sie damals am Deich Johan angesehen hat.

»Ich muss es wissen. Ich reise durch die ganze Welt und sehe mich überall gründlich um. Glaubst du etwa, ich schaue nur nach den Kriegen und nicht nach Frauen?«

Wieder streicht sie ihr Kleid glatt, das ist in kurzer Zeit eine mechanische Bewegung geworden, und sie zündet sich eine Zigarette an, damit ihre Kehle und ihre Lungenspitzen brennen.

Er küsst ihr Dekolletee, während er ihr die Schmerztabletten in die Tasche steckt, und kurz darauf hilft er ihr beim Einsteigen.

Cecilia kurbelt das Fenster herunter und inhaliert so tief wie nur möglich. Brennen ist leben. Brennend geht sie in ihre Jugend zurück.

7

Frauen können Monster gebären.

Sechsmal hat Ada Angst gehabt, sie trüge ein Tier im Leib. Kein schutzloses Kind, das vom Augenblick der Befruchtung an von ihr genährt und geformt werden konnte, mit dem sie in einer Brabbelsprache, die allmählich in Worte mit Bedeutung überging, reden konnte, dem sie die Geschichte und die Eigenschaften ihrer selbst und ihres Mannes, ihrer Eltern und Voreltern weitergeben konnte, nein, ein Wesen, das für Worte unempfindlich war und keine Vorgeschichte, keine Kultur und keine Denk- und Liebesfähigkeit in den Genen hatte. Sechsmal in ihrem Leben als erwachsene Frau hat Ada Angst gehabt, sechsmal neun Monate lang, danach nicht mehr. In den letzten Jahren ist sie unerschütterlicher denn je.

Der Garten sieht wunderschön aus. Am Ende des Sommers sieht der Garten immer wunderschön aus. Dann ist die Erde am freigebigsten, die Überfülle am größten. Man braucht auf nichts zu warten, alles, alle Blumen und Gewächse und Tiere sind bereits da. In den ersten Septemberwochen erreicht die Sättigung immer ihren Höhepunkt.

Samstags schuffelt und harkt Ada, diese Gewohnheit stammt noch aus ihrer Jugend, als samstags sowohl drinnen wie draußen alles aufgeräumt und geputzt werden musste: Staub saugen, Bohnern, Betten frisch beziehen, Gras mähen, Wege harken und danach in die Badewanne, weil der Tag darauf unerbittlich im Zeichen der Ordnung und makellosen Sauberkeit stand.

In eine der Fallen ist ein Maulwurf geraten. Er ist tot. Der Samstag ist auch ein Tag, an dem Ada immer an den Tod denkt, und sei es nur ganz kurz. Ihre Eltern sind beide im Abstand von kaum einem Jahr an einem Samstagnachmittag in diesem Haus gestorben, vom Bett aus haben sie auf diesen Garten hinausgeschaut, in dem diese Rosen und Dahlien blühten und in dem auch damals Maulwürfe ein unterirdisches Labyrinth gegraben hatten, das bis weit in die angrenzende Weide reichte, Hügel um Hügel erhob sich aus dem Gras, schwarze Sandhaufen, die in Vergrößerung dem Sand eines frisch geschaufelten Grabs glichen. Sowohl ihr sterbender Vater als auch ihre sterbende Mutter hatten mit den Schultern gezuckt, was kümmerte die umgewühlte Erde sie noch, früher, ja, da waren sie beim Anblick von so viel nächtlicher Zerstörung wütend geworden, aber so kurz vor dem Abschied ließen die Sandhaufen sie kalt, und dennoch hatten sie geschaudert, mit letzter Kraft hatten sie beide auf gleiche Weise das Laken bis zum Kinn hochgezogen und sich mit durchscheinenden Fingern an den gestickten Saum geklammert.

Eigentlich ist es heute zu schwül, um zu schuffeln und Maulwürfe aus Fallen zu holen, denkt Ada, aber warum sollte Schwüle sie von ihrer Gewohnheit befreien, wenn das bei kühlem Wetter auch nicht der Fall ist? Sie wischt sich den Schweiß von der Stirn. Dieser Samstag ist kein Samstag wie alle anderen. Diesen Samstag wird sie, die Frau eines Fleischers und Mutter von sechs großen Kindern, ihre Jugendfreunde in einem Landhaus am Rand eines Dorfes wieder sehen, das ihr weit weg scheint, obwohl sie auf der Karte gemessen hat, dass es nicht mehr als fünfundzwanzig Kilometer westlich liegt. Eigentlich würde sie lieber zu Hause bleiben. Sie würde lieber mit ihren Kindern am Tisch sitzen. Sie würde lieber den Rasen mähen. Sie würde sich sogar lieber über die Maulwurfshügel aufregen, die so schamlos von Leben im Boden zeugen.

»Mutter!«

Eine ihrer Töchter ruft sie. Es ist, als hörte sie sich selbst nach der eigenen Mutter rufen. Die Verwirrung hat schon begonnen. Die Leben sind schon durcheinander geraten.

»Was ist, Kind?«, ruft sie zurück.

»Vater ist am Telefon!«

Sie rennt ins Haus, nachdem sie ihre Gartenpantinen auf dem Rost an der Tür ausgezogen hat.

»Kommst du Bratwurst durchdrehen, wir sind bald soweit.«

Sie hat Ja gesagt, ohne zu überlegen. Dieser Stimme kann sie nichts abschlagen, diesem Mann gehört sie vorbehaltlos an. Aber dann wird ihr bewusst, das sie ja heute Nachmittag das Dorf verlässt, ihr Leben als Gärtnerin und Fleischersfrau verlässt, sie hat überhaupt keine Zeit, Wurst durchzudrehen, sie hat ihm doch ausführlich erzählt, dass sie zu diesem Fest geht, bei dem Ehepartner und Kinder nicht erwünscht sind, weil sie fremd sind und keinen Bezug haben, das hat sie ihm doch mehr als ausführlich und mehr als entschuldigend gesagt, warum will er dann, dass sie sich hinter die Wurstmaschine stellt, will er etwa, dass sie in dem Landhaus nach Fett und Schweinefleisch riecht oder erst dort ankommt, wenn das Fest bereits in vollem Gange ist, sodass sie außen vor bleibt?

»Nein, doch nicht«, sagt sie in den Hörer. »Ich habe heute keine Zeit. Sollen die Kunden statt Wurst eben Hackfleisch kaufen.«

»Was machst du denn gerade?«

»Maulwürfe fangen und schuffeln, und in ein paar Stunden muss ich weg.«

»Weg? Am Samstag?«

»Zu dem Fest. Das habe ich dir doch gesagt.«

Die Verwirrung hat schon begonnen. Hastig schlüpft sie in ihre Holzpantinen und geht die Fallen ab. Drei Stifte haben drei Maulwurfskörper durchstochen, drei Maulwurfskörper haben sich, als sie aus der Tiefe nach oben kamen, blindlings in drei Stifte gebohrt.

»Ihr wärt besser drunten bei den Käfern und Würmern geblieben«, sagt sie, während sie sie von den Stiften zieht und dem Hund zuwirft, der wachsamer werden und schärfer auf alles reagieren muss, was ihren Rasen untergräbt.

»Da, Hund, das ist dein Feind, bell, schlag ihm die Zähne in den Leib.«

Vom Anfassen der kalten Tiere hat sie Gänsehaut bekommen. Dabei ist sie an kalte Tiere gewöhnt. In den Schlachtraum geht sie nicht gern, aber wenn ihr Mann das Messer in eine Halsschlagader gedrückt hatte, musste sie schon des Öfteren einen Eimer unter den Schnitt halten, damit das Blut nicht über die Kacheln davonfloss und es in der betreffenden Woche keine Blutwurst im Laden gegeben hätte; kaltes, geronnenes Blut, damit ist sie vertraut, ebenso mit Haut und Fleisch, woraus das Leben gewichen ist. Aber diese drei Maulwürfe bringen sie heute so sehr aus der Fassung, dass sie sich auf einen Gartenstuhl sinken lässt und zu nichts mehr Lust hat.

Wie schnell sich alles ändern kann, denkt sie. Zwischen ihrer Unerschütterlichkeit und dem Gefühl der Unruhe lagen nur ein paar Minuten, zwei, drei Gedanken, eine Erinnerung, eine Stimme, zu der sie dreißig Jahre nicht Nein hat sagen können und jetzt auf einmal doch, eine andere Stimme, die sie dreißig Jahre nicht gehört hat und zu der sie vor ein paar Monaten Ja gesagt hat, ja, natürlich komme ich, Pieter, wie schön.

Bewegungslos sitzt sie mit einer leeren Falle auf dem Schoß da. Gestern hatte sie an Prunkwagen gedacht. In ihrer Phantasie sah sie einen Heuwagen, den sie mit ihrer Überfülle an Blumen geschmückt hatte, durch die stillen Straßen des Dorfes fahren, an der Kirche, der Schule, dem Altersheim, der Mütterberatung vorbei, durch alle Straßen und auch über die Feldwege und

Waldpfade und die Heide bis zum Bach und dann wieder zurück, einen farbenprächtigen Prunkwagen, von zwei Pferden mit geflochtenen Mähnen und Schweifen gezogen, die so lange gestriegelt worden waren, dass ihr Fell in der Spätsommersonne violettfarben schimmerte. Sie hatte den Prunkwagen gesehen, als ihr beim Unkrautjäten plötzlich der Gedanke an das Treffen gekommen war, als sie versucht hatte, sich ihre Jugendfreunde vorzustellen, deren Gesichter, deren Kinder, deren Berufe vor allem, denn sie waren doch alle acht so viel versprechend gewesen, jeder bekam gute Noten, jeder hatte Talent. Was hat sie ihnen zu erzählen? Sie hat sechs Kindern das Leben geschenkt, aber keine Diplome erworben, ihre weiteste Reise ging in die Pyrenäen, aber im Grunde genommen war sie auch damals nicht fort aus ihrem Heimatdorf, sie könnte keine Geschichten von großem Glück oder tiefer Trauer oder brennender Einsamkeit erzählen, sie ist mit ihrem Leben zufrieden, aber das ist keine Geschichte, das ist ein Gefühl, ein Gefühl von Mittelmäßigkeit. Und da sah sie den Prunkwagen, den ausrangierten Heuwagen mit einem Stahlgerüst darauf, das sie so phantasievoll mit ihren Blumen kaschiert hatte, dass ein Kunstwerk daraus geworden war.

»Mutter, wo bist du?«

Und auf dem Prunkwagen, verkleidet, aber doch zu erkennen, standen ihre Töchter.

»Hier.«

Sie ruft nicht, sie flüstert, weil sie auch jetzt, heute, den Prunkwagen sieht. Die Pferde ziehen ihn in westlicher Richtung aus dem Dorf hinaus. Vielleicht kommen sie heute Nachmittag gleichzeitig mit ihr bei dem Landhaus in Hollandsche Rading an.

Die Verwirrung hat schon begonnen. Traum und Wirklichkeit sind durcheinander geraten, aber, denkt Ada und beißt sich auf die Unterlippe, was kommt es darauf an, wer weiß, mit was für Prunk und Pracht die anderen aufwarten, mit welchen Trugbildern, mit welchem vorgetäuschten Glück?

Umzüge hat es im Dorf nie gegeben. Jeder ging und geht immer allein seines Wegs. Allein und ohne Schmuck. Die größten Tugenden seit alters her sind Schlichtheit und Bescheidenheit, danach hat Ada gelebt, aber seit dem Moment gestern, als ihr der Gedanke an das Treffen gekommen war, ist der Prunkwagen mit den beiden aufgezäumten Pferden durch ihren Kopf gefahren und von den Passanten, die in den stillen Straßen ihres Kopfes stehen blieben, lautstark bewundert und zum Kunstwerk erklärt worden. Was wohl ihre Jugendfreunde, diejenigen, die in alle Welt hinausgezogen sind, mit den größten Tugenden angefangen haben, ob sie sich hervorgetan haben und sich mit Ansteckblumen, Medaillen und Hüten mit Pfauenfedern schmücken, ob sie einen Titel vor dem Namen führen und allenthalben Visitenkarten verteilen mit einer Geste, als wären es Almosen? Hier im Dorf, wo sie geboren sind, geht nach wie vor jeder allein seines Wegs. Ohne Titel. Ohne Putz. Die Federn stehen nur dem Pfau zu. Auf einen Heuwagen gehört Heu.

»Mutter!«

Ada schreckt auf. Mehr als alles andere ist sie Mutter. Ihr Talent liegt in der Mutterschaft.

»Ja!« Sie schreit es fast. Sie würde heute Nachmittag gern bei ihren Kindern bleiben und heute Abend bei ihrem Mann.

»Cesar hat 'nen toten Maulwurf in der Schnauze!«

Sie lacht. Jetzt ist sie wieder in das Leben zurückgekehrt, mit dem sie zufrieden ist: ein Samstagvormittag im Garten mit Maulwurfshügeln, Tomaten, die gepflückt werden müssen, einer Tochter, die durchs offene Küchenfenster nach ihr ruft, weil sie sie braucht und immer brauchen wird, ebenso wie sie, Ada, bis zum letzten Tag durchs offene Küchenfenster nach ihrer eigenen Mutter gerufen und sie gebraucht hat. Hier ist ihre Welt. Hier und nirgendwo anders fühlt sie sich zu Hause.

Aber wie kann sie Weltreisenden erklären, dass sie im Heimatdorf, im Haus ihrer Eltern und Großeltern, in der Bettstatt, in der drei Generationen geschlafen haben, zufrieden ist? Am Ende der Straße sieht sie den Prunkwagen verschwinden. Um sie herum ist es still, bis auf die immer wiederkehrenden Mutterrufe und ein paar undeutliche, ferne Geräusche. Woher soll sie ihre Geschichte nehmen, aus ihrem Eheleben? Aber sie ist treu. So treu, wie eine Frau in einem kleinen Dorf nur sein kann. Und ihr Mann spült sich abends den Geruch nach geschlachtetem Vieh vom Körper, und mit den sauber gescheuerten Händen nimmt er sie an den breiten Schultern und Hüften und bringt sie zu der Hingabe, an die ihr Körper gewöhnt ist und die ihrem Geist nicht schwer fällt. Ihre Ehe gibt keine Geschichte her, es wären denn die sechs Schwangerschaften, die sechs langen Zeiten der Angst, kein Kind, sondern ein Monster unter der Haut zu tragen.

»Nimm ihm das Viech doch aus dem Maul!«, ruft sie. »Wirf's fort!«

Die Tomaten müssen gepflückt, die Rosen angebunden werden. Das ist die Geschichte ihrer Ehe: Säen, Auspflanzen, Anbinden, Stutzen und Mähen, verhindern, dass die Blattlaus von der einen Pflanze auf die andere krabbelt. Wenn sie heute Nachmittag von ihrem Leben in den vergangenen dreißig Jahren erzählt, werden ihre Freunde glauben, sie schreibe Gedichte, aber es ist die schlichte, bescheidene Wirklichkeit ihrer Ehe.

»Mutter!«

Ihr Talent ist im Körper angesiedelt. Sie fühlt und denkt mit dem Körper, sie begreift mit dem Körper, sie ängstigt sich mit dem Körper, und auch Glück oder Zufriedenheit kommen bei ihr nicht aus dem Kopf. Ihr Gehirn befindet sich in den Brüsten und Fingerspitzen und Sinnesorganen.

Erst als sie sich auf die Unterlippe beißt, wird ihr bewusst, dass sie existiert. Säen, Auspflanzen, Anbinden; wenn die anderen sie nach ihrem Leben fragen, wird sie diese Bilder benutzen. Oder das von der ebenen Rasenfläche und dem Maulwurf, der sich jeden Augenblick an irgendeiner beliebigen Stelle an die Oberfläche graben kann und dort Verwüstung anrichtet.

»Nimm ihm das Viech aus dem Maul!«, ruft sie wieder.

Die ersten Jahre war sie bis über beide Ohren in ihren Mann verliebt, dann folgten die Jahre der langen Ängste, danach liebten sie einander allmählich auf ruhigere Weise. Die Lust schien ebenso selbstverständlich wie die Befriedigung, die seine, die ihre, sie ließen ihre Körper gewähren, aber die lustfreien Zeiträume wurden länger und der immer schwieriger abzuspülende Geruch nach geschlachteten Tieren zwang sie öfter als früher, mit dem Rücken zu ihm einzuschlafen und aufzustehen und durchs Haus zu gehen; es ist ein Geruch, der einem schneller Übelkeit verursacht, je älter man wird.

Was hat sie den Weltreisenden und den mit Geistesgaben so reich Gesegneten zu erzählen? Dass ihre Kinder eines nach dem anderen das Studium mit Auszeichnung abschließen, dass sie vorhaben, ins Ausland zu gehen? Aber sie werden nicht nach ihren Kindern, sondern nach ihr fragen, nach Ada, der schon damals beständigsten der ganzen Gruppe. Sie werden wissen wollen, was sie mit ihrer Beständigkeit erreicht hat.

»Komm, her jetzt mit dem Maulwurf!«

Sie zieht dem Hund den schwarzen Klumpen aus der Schnauze. Wie seltsam, dass die Vergangenheit sich in Gestalt eines toten Tiers auf sie stürzt, dass ihre Jugend sie an einem Samstagvormittag hinterrücks überfällt, während sie am Schuffeln und fast fünfzig und zufrieden ist.

Was sie mit dieser Beständigkeit erreicht hat? Ihre Beine sind vom langen Stehen an ein und derselben Stelle in den Boden hineingewachsen, ihre Arme sind vom Grasmähen und vom Kinderherumtragen muskulös, und weil sie immerzu denselben Mann umarmt haben, verkrampfen sie sich, wenn sie auch nur die Hand hebt und einem Unbekannten zuwinkt, ihr Kopf sitzt gerade auf dem Rumpf, sodass es ihr schwer fällt, den Blick einwärts zu richten oder zurückzuschauen, ihre Schultern sind breit geworden, und was sie auch schleppt, sie kann nicht wanken, sie ist keiner einzigen Versuchung erlegen.

»Mutter, musst du nicht weg? Achtest du auf die Zeit?«

Wenn doch der Prunkwagen nochmals durch ihren Kopf fahren würde, wenn sie doch nochmals das Ah! und Oh! der Passanten hören würde und den Ausruf, dass sie ein Kunstwerk geschaffen habe.

»Wie spät ist es denn?«, ruft sie, aber ihre Tochter gibt keine Antwort. Dem Sonnenstand nach muss es früher Nachmittag sein. Um drei Uhr wird sie fünfundzwanzig Kilometer weiter im Haus und im Garten des Mannes, des Jungen erwartet, der sie vor langer Zeit, als sie an einem Deich lagen und auf das spiegelglatte Wasser hinausschauten, mit unbeholfenen Bewegungen und unbeholfenem Gestammel blutlos entjungfert hat.

Mein Talent ist im Körper angesiedelt, das war schon immer so, geistiger Rausch und geistige Erschütterung, wie andere Frauen das erleben, sind mir fremd, denkt sie. Sie muss sich beeilen, damit sie rechtzeitig ankommt. Unter ihren Nägeln ist Erde, ihre Haut ist schweißfeucht, und ihre Locken sind aus der Spange gerutscht. Sie muss sich waschen, den Gartenschmutz von sich abspülen, so wie ihr Mann vor dem Zubettgehen die geschlachteten Tiere von sich abspült, und dann wird sie sich so anziehen und schminken, dass die Freunde Heimweh nach der Gegend ihrer Jugend bekommen und nach dem Leben, dem sie sich so radikal entfremdet haben, indem sie herumgereist sind, Karriere gemacht und Versprechen gebrochen haben.

Ihre älteste Tochter kommt und zieht sie vom Stuhl hoch. Die Maulwurfsfalle fällt ins Gras, auch ihre Gedanken fallen ins Gras, auch ihr Vorhaben, als erfolgreiche Frau zu dem Treffen zu gehen; alles fällt ins ungemähte Gras. Die Tochter legt den Arm um sie. Wieder weiß sie einen Moment lang nicht, wer sie ist, Mutter oder Kind, aber dann richtet sie sich auf, sie schaut nicht mehr auf den Boden und nicht mehr zurück, sie sieht nur noch, was vor ihr liegt: ihre Jugend, sie selbst, als sie noch keine zwanzig und frei von Ängsten war.

Frauen können monströse Gedanken gebären.

Frauen können denken, dass sie Tieren gleichen. Oder dass sie aufgerissen werden. Oder zwischen ihrer Mutter und ihrer Tochter eingeklemmt werden. Sie können denken, dass ihnen das Blut an den Beinen hinab auf die Straße läuft und eine Pfütze bildet.

Eine Frau kann mit der gleichen Selbstverständlichkeit einen monströsen Gedanken gebären wie ein Kind.

Vierundfünfzig Monate Angst, das ist für ein durchschnittliches Frauenleben nicht viel. Die Unerschütterlichkeit ist wieder da. Ada lässt das kalte Wasser von ihrem Kopf bis zu den Zehen laufen und scheuert schwarzen Sand unter ihren Nägeln hervor. Es gibt Momente, in denen sie nicht weiß, wie alt sie ist, in denen sie kein Zeitgefühl hat: Ihr ganzes Leben ballt sich in einem einzigen Punkt zusammen, dem Hier und Jetzt. Gerade ist solch ein Moment. Sie steht unter der Dusche und alles, was etwas über sie aussagt, fließt davon. Erst als es an der Tür klopft und jemand »Mutter!« ruft, bekommt sie ihr Alter und ihre Eigenschaften zurück.

Sie trocknet sich ab und schlingt ihr Haar zu einem Knoten. Sie schminkt sich und zieht ihr rotes Kleid an. Die Absätze ihrer Pumps drücken sich in den Grasboden, als sie Blumen für Sträuße pflückt, ihre Nägel werden wieder schwarz, als sie sich bückt und die überreifen Tomaten aufhebt. Sie ordnet die Blumen farblich an, Gelbtöne mit Weiß und Orange. Sie streichelt den Hund. Es ist wieder ein Samstag wie alle anderen. Was sie auch tut und wohin sie auch geht, es macht ihr nichts aus. Manche Leute nennen diese Unerschütterlichkeit Glück, sie gehört dazu.

Sie legt die Sträuße auf den Rücksitz des Autos und verabschiedet sich von den Kindern. »Ich komme nicht zu spät nach Hause!«, ruft sie noch und fährt dann durch die stillen Straßen aus dem Dorf hinaus, in dem sie zu Hause ist.

»Du bist die Erste«, sagt die Stimme, zu der sie vor ein paar Monaten am Telefon Ja gesagt hat, ja, natürlich komme ich, Pieter, wie schön.

»Ich freue mich, dass du die Erste bist, Ada. Wir zwei sind einander am nächsten geblieben, auch wenn wir uns dreißig Jahre nicht gesehen haben.«

Was meint Pieter mit am nächsten?

»Eine Entfernung von fünfundzwanzig Kilometern Luftlinie, das ist doch so gut wie nichts. Wenn der Wind von Osten kommt, weiß ich genau, was die Bauern da drüben gerade machen, welche Blumen dort blühen, mit welchem Shampoo du dein Haar wäschst.«

Wie zungenfertig er noch immer ist, er kann eine Frau umstimmen, verführen, überzeugen, dass er Recht hat. Aber Ada ist nicht auf der Hut, sie lacht, mit schönen Worten kriegt kein Mann sie herum. Sie legt die Blumen auf den Tisch unterm Gartenzelt.

Innerhalb von zehn Minuten hat er ihr sein Leben erzählt. Es gibt Leben, für die es zehn Minuten oder noch weniger braucht, die sich in ein paar Sätzen, in einer Bemerkung, einer Haltung oder einem Blick zusammenfassen und verstehen lassen, aber sein zusammengefasstes Leben versteht Ada nicht, und sie ahnt, dass ihre Verständnislosigkeit nichts mit der Kürze seiner Geschichte oder mit der thematischen Gliederung zu tun hat, auch nichts mit seiner Ausdrucksweise oder mit dem Tonfall, mit dem er sie an dem Bruch und der zugehörigen Krise in seinem Leben teilhaben lässt. Sie versteht seine Beweggründe nicht. Ebenso wenig seine Gefühle. Sein Ringen um die Wahrheit ist ihr fremd.

Da sind die anderen, da biegen auf einmal fünf Autos fast gleichzeitig in die Zufahrt ein, wie ein Zug, dem unterwegs das Brautpaar oder der Sarg abhanden gekommen ist. Ada geht rasch übers Treppenpodest ins Haus, um Vasen mit Wasser zu holen. Die Vasen sind ein Vorwand, das weiß sie sehr wohl, Sträuße können durchaus eine Zeit lang trocken daliegen. Sie ergreift die Flucht. Sie stümpert mit dem Wasser herum. Sie stümpert mit ihrer Unerschütterlichkeit herum. Sekundenbruchteile lang meint sie, Wiehern und Hufgetrappel und das Rattern von Wagenrädern auf Straßenpflaster zu hören. Aber dann strafft sie den Rücken und lacht sich selbst aus.

»Dieses Lachen! Ada! Du hast noch dasselbe Lachen!«

Nein, denkt sie, während sie ihren Jugendfreunden entgegengeht, nein, damals habe ich mich selbst noch nicht ausgelacht, damals habe ich noch kein Hufgetrappel gehört, wenn kein Pferd da war, damals habe ich mit nichts herumgestümpert.

»Ada!«

Wie anders »Ada!« doch klingt als »Mutter!«. Wie viel leichter doch das a klingt als das u. Als flöge das a durch die Luft und das u komme nicht vom Boden los. Schon seit Jahren, schon seit Jahrzehnten sagen alle um sie herum Mutter zu ihr, auch ihr Mann.

Ada! Ada! Ada! Sie kann ihren Namen nicht oft genug aussprechen hören. Sie fühlt sich, als hätte sie Flügel. Aber auch der Champagner so mitten am Tag in der Hitze verleiht ihr Flügel. Sie fliegt von einem zum anderen und erkennt in jedem Gesicht etwas von sich selbst oder von einem Ereignis, mit dem sie zu tun hatte. Dennoch sind sie alle auf gleiche Weise gehemmt. Pieters Rede ändert nichts daran, im Gegenteil, manche runzeln die Stirn und wenden den Blick fast beschämt von den gemeinsamen Jahren ab. Es wird wieder Champagner eingeschenkt. Adas Sträuße werden zwischen die Platten mit Räucherlachs und kaltem Braten gestellt.

Zu schade, dass Klara nicht da ist. Ada erinnert sich, dass sie mit ihr auf dem Deck des Botters stand, von dem Pieter die ganze Zeit redet. Sie hatten die Arme umeinander gelegt, sie hatten gewusst, dass sie einander auf dem nächsten Kai loslassen würden. »Ich träume von fernen Ländern«, hatte Klara gesagt, und sie: »Ich gehe niemals weg.« Sie hatten lachen müssen, beide hatten sie gewusst, dass ihr Leben so verlaufen würde: Klara würde weggehen, sie würde bleiben; Klara würde immer nach etwas auf der Suche sein, sie würde viel zu schnell glauben, alles schon gefunden zu haben. Wie kamen sie zu diesem Seherblick, so viele Romane hatten sie doch nicht gelesen, so viele Filme hatten sie nicht gesehen, und wenn etwas im Dorf unter Verschluss blieb, dann das Innere. Wahrscheinlich, denkt sie jetzt, war es dieser Sommer auf dem Deck, dieser Sommer am Deich, der Klara und ihr einen Seherblick verliehen hatte.

Die Musik von damals übertönt die Gespräche.

Das Mädchen, das nun Wein einschenkt, hätte ihre Tochter sein können, so ruhig, so blond, so verschlossen gegenüber den anderen, denen, die angefangen haben, ihre tollen Geschichten zu erzählen, Joost, Pieter, und denen, die sich noch umschauen, wie Cecilia, die an einer Buche lehnt, als wollte sie sich daran festklammern, wie Gerbrand, der zuhört, als wäre er ein Seelendoktor. Sie hätte ihre Töchter doch mitnehmen sollen, dann hätten sie dem Mädchen helfen können, dann hätte sie, das Muttertier, keine Antwort auf die Frage zu geben brauchen, was sie mit ihrem Zuhausebleiben und ihrer Beständigkeit erreicht habe.

»Ada!«

Nein, keine Töchter. Wein.

»Ada!« Es ist Johan. Der Bauer aus Australien.

Johan riecht nach ihrem Mann. Nach Tieren. Nach Vieh, das sich mit keiner Seife wegwaschen lässt, weil es in die Haut gedrungen ist. Johans Gesicht ist verwittert, und seine Handflächen fühlen sich hart an, als er sie an den bloßen Oberarmen nimmt und noch einmal »Ada!« sagt. In seinen Augen sieht sie einen leeren, heißen Kontinent.

Er riecht genauso wie ihr Mann. Seine Hände fühlen sich an wie die ihres Mannes. Aber er ist Johan, er kam vor ihrem Mann. Sie hat auf dem Zugpferd seines Vaters vor ihm im Sattel gesessen. Sie ist durch das Labyrinth der Gänge zwischen den aufgestapelten Strohballen hinter ihm hergekrochen. Als sie noch fast Kinder waren, hat er sie im Kornfeld geküsst, weil Küssen nun einmal zum Gehen durchs Korn gehört. Von ihm hat sie Schwimmen im Bach mit dem Kopf unter Wasser und Stabhochsprung gelernt. Noch Jahre später war er stets ihr Maß aller Dinge, ihr Fixpunkt.

»Nein, keine Kinder«, sagt er, noch bevor sie die Frage stellen kann. »Schon lange keine Frau mehr. Eine

Herde Schafe, die unter der Trockenheit schwer zu leiden hat. Eine Wildkatzenplage. Giftschlangen und Baumfrösche. Bodenversalzung. Und du, Ada, was hast du?«

»Maulwürfe«, sagt sie. »Maulwurfshügel, so weit das Auge reicht, auch eine Plage. Und Töchter, so weit das Auge reicht. Dreißig Jahre denselben Mann.«

Er fährt ihr mit seiner schwieligen Hand über die Wange. Kühl, kühl fühlt sich die Hand an; ihre Wange muss wohl sehr warm sein.

Er fragt nichts weiter über ihre Plage und ihr Familienleben. Vielleicht, denkt sie, hat es auf seinem heißen, leeren Kontinent keinen Sinn, Fragen zu stellen, vielleicht haben dort nur Taten einen Sinn. Sie nimmt seine kühle Hand und hält ihn fest, so wie sie ihn damals im Kornfeld festgehalten hat.

Wie schnell doch die Vergangenheit zu Stande kommt. Ein Körpergeruch, eine Hand, ein Blick. Wie ist das Ferne doch gefährlich nahe.

Aber jetzt hört sie Johans Stimme, und sie klingt wie von weit her: »Ich gehe mal eben zu Cecilia, sie steht da so allein an dem Baum«, und durch einen Schleier sieht sie ihn weggehen, sieht sie, wie er seine kühlen Hände auf Cecilias bloße Oberarme legt und sich vorbeugt, um Cecilia zu küssen, sieht sie, wie er den Kopf von Cecilia abwendet, als könnte er ihre Schönheit einen Augenblick lang nicht ertragen.

Johan hat Cecilia geküsst.

Ada erinnert sich wieder, dass sie mit Klara auf dem Deck stand, sie hatten die Arme noch umeinander gelegt, als Klara auf einmal sagte: »Johan hat gestern Abend Cecilia geküsst, das hat sie mir selbst erzählt. Er ist in sie verliebt. Aber er geht fort. Auswandern. Nach Australien.«

Durch einen Schleier sieht sie ihre Sträuße zwischen dem kalten Braten und den Weinflaschen auf der Festtafel, nein, es ist keine Festtafel, es ist der Altar in der Kirche, auf den sie samstagnachmittags ihre Blumen für die Sonntagsmesse stellt, was sie für ein Gartenzelt gehalten hat, ist ein Baldachin, und Cecilia lehnt nicht an einem Baum, sondern an einer Säule, und nicht der Johan von früher hat sie geküsst, sondern der von heute, der fünfzigjährige.

Ist es der Champagner, die Tatsache, dass ihr Mann und die Kinder nicht da sind, die Schwüle? Es kommt ihr vor, als hätte sie keinen Kopf, und dennoch kann sie lachen und reden, dennoch kann sie den Abenteuern lauschen, die Joost in einem afrikanischen Land mit einem Fluss voller Krokodile erlebt hat, dennoch kann sie Marietje mit ihrer Anhänglichkeit und Pieter mit seinen gezielten Fragen freundlich abwehren, und sie findet den Weg in die Küche, um sich Stirn und Handgelenke mit kaltem Leitungswasser nass zu machen und danach zwei Gläser voll zu trinken, dennoch kann sie sehen, dass sich der Himmel über dem Landhaus bezieht und dass Johan auch nach dreißig Jahren Cecilia noch lieber hat als sie.

Die Musik ist laut gestellt, doch Pieter überschreit sie mit seinem Monolog. Bis er merkt, dass niemand zuhört, da wird er leiser, spricht fast vor sich hin. Ada versteht den Mann, der am nächsten bei ihr wohnen geblieben ist, am wenigsten, er ist der Schlichtheit des Dorfes und der Bescheidenheit mehr entwachsen als jeder andere. Hoch am Himmel hört sie das erste Donnern. Der Baldachin, der zwischendurch immer wieder ein Gartenzelt ist, flappt im Wind.

Ihre gelben Sträuße sind blass. So blass wie Cecilia. Lässt Johan Cecilias Gesicht mit denselben Händen und Lippen blass werden, mit denen er ihr Gesicht kaum eine halbe Stunde zuvor warm und rosig hat werden lassen? Männer haben Macht über Blutgefäße. Bei der einen Frau verursachen sie eine Verengung, bei der anderen eine Erweiterung, eine Blutung, Herzklopfen. Viehhalter und Fleischer kennen die Schwachstellen im Blutkreislauf am besten, sie wissen besser als jeder andere, womit und wo sie einen Körper berühren müssen, dazu brauchen sie nicht nachzudenken, keine Bücher zu lesen, keine Filme zu sehen; ihr Instinkt weist Händen und Lippen den Weg.

»Ada!«

Ihr Mädchenname verleiht ihr mit einem Mal keine Flügel mehr. Die Leichtigkeit des a-Lauts hängt davon ab, wer ihn ausspricht, und Marietje, die jetzt auf sie zukommt, hat eine tiefe Stimme, außerdem trägt sie Ringe an allen Fingern bis auf die Daumen und die kleinen Finger, sodass nicht nur ihre Worte, sondern auch ihre Hände schwer auf Ada lasten. Ihr Blick ist eindringlich. Sie dringt durch meine Augen in mein Leben, denkt Ada, sie will sich darin festhaken.

»Ich schuffle, stutze und pflanze, ich mähe Gras und

züchte Rosen«, sagt sie, um Marietjes Frage zuvorzukommen. »So viele Ringe wären nichts für mich.«

Sie betrachtete ihre verarbeiteten Hände mit dem schwarzen Sand unter den Nägeln.

»Selbst mein Trauring ist mir im Weg.«

Warum fügt sie das hinzu, der Trauring hat sie noch nie behindert, er ist mit ihrem Finger verwachsen, und in den dreißig Jahren hat sie ihn noch keinen Tag abgenommen.

Marietje hakt sich fest.

Von uns acht habe ich das Leben, in dem sie sich am leichtesten festhaken kann, denkt Ada; die anderen bewegen sich, ich verharre auf der Stelle.

Marietje fragt nach ihrem Mann.

»Mein Mann? Der trägt seinen Trauring nicht. In seinem Beruf kann ein Ring gefährlich sein. Er arbeitet mit Haken und Messern. Und mit einer Pistole.«

Ada hat ihren Kopf wieder.

»Mit einer Pistole!«

»Er schießt genau zwischen die Augen, dann merkt die Kuh am wenigsten davon.«

Marietje schlägt sich die geschmückten Hände vors Gesicht.

Ich darf mich für das Makabre an seinem Beruf nicht an ihr schadlos halten, geht es Ada durch den zurückgekehrten Kopf; sie ist verletzlich, sie arbeitet nicht mit Blut, sondern mit Gold und Edelsteinen, sie lebt nicht in der rauen Wirklichkeit, sondern in einer Welt des schönen Scheins. Warum sollte ich sie mit meinem Abscheu besudeln?

Joost ist ein Befreier. Er befreit Ada, indem er Marietje grinsend den Unterschied zwischen dem Töten eines Tiers und dem Töten eines Menschen erklärt.

Und dann erhebt sich der Sturm, bricht der Donner los. Dann fragen sich die Freunde alle zugleich, wo Klara bleibt, die vor Gewitter so große Angst hat.

Was anderen Angst einflößt, bringt Ada ihre Unerschütterlichkeit zurück. Ein unerwartet aufkommender Sturm versetzt sie nicht in Panik, ein zuckender Blitz oder ein Donnerschlag berühren sie innerlich nicht, und heftigen Regen empfindet sie als Erleichterung, wie ein heftiges langes Weinen oder ein Wegwaschen dessen, was an ihr kleben geblieben ist, Stunden, Wochen, Jahre, ohne dass sie es so recht gemerkt hat. Während die anderen ins Landhaus flüchten, geht sie ruhig zur Tafel, um ihre Sträuße zu retten und die Aluminiumstangen, an denen das Gartenzelt befestigt ist, tiefer in den Boden zu drücken. »Womöglich durchbohre ich noch einen Maulwurf«, sagt sie; sie muss lachen und rettet auch noch eine Platte mit kaltem Braten. Den Kassettenrekorder des Mannes, der sie vor dreißig Jahren zur Frau gemacht hat, lässt sie stehen.

»Unwetter sind meine Stärke. Bei diesem Sturm könnte ich Steuermann auf einem Schiff sein, wenn es so blitzt, könnte ich ein Pferdegespann im Zaum halten, das durchzugehen droht.«

Sie hört sich reden. Sie hört sich lachen.

»Bei Unwetter bin ich in meinem Element. Zu Hause hängen sich Erwachsene wie Kinder an meinen Rockzipfel, Kinder klettern mir auf den Schoß, als wären sie noch ganz klein. Ich mache die Fensterläden zu und lasse alle Lampen brennen, ich singe und erzähle Geschichten, bis der Sturm sich legt und der Donner ein fernes, dumpfes Grummeln ist. Wenn alle mich loslassen, gehe ich ins Freie und besänftige die Tiere, und anschließend binde ich die geknickten Stängel und Sträucher an. Es ist mir gleich, ob ich bis zu den Knöcheln im Schlamm stehe, ich mache kein Aufhebens um zerbrochene Fensterscheiben oder einen entwurzelten Baum. Schaden in der Natur lässt sich beheben. Aus Chaos erwächst immer Ordnung.«

Mit langsamen Schritten geht sie die Freitreppe hinauf. Die anderen rufen hinterm Fenster des Wintergartens ihren Namen und gestikulieren aufgeregt. Es ist, als würde sie ein Theaterstück anschauen. Wieder hört sie sich lachen. Wieder hört sie sich reden.

»Ihr Armen«, sagt sie, »was habt ihr so weit weg von zu Hause nun eigentlich gelernt? Waren eure Chancen auf Glück größer? Habt ihr dort etwas ergründet, wovon ich hier keine Ahnung hatte?«

Vor der offenen Tür dreht sie sich um und schleudert ihre verregneten Sträuße wieder in den Garten, die Platte mit dem Braten stellt sie auf die Fliesen des Treppenpodests, damit der Platzregen alles fortschwemmen kann. Einen Moment lang bleibt sie stehen. Sie spürt, dass das nasse Kleid wie eine zweite Haut an ihr klebt.

»Ich gehe rein«, sagt sie. »Mit leeren Händen und nackt. Wenn sie mich bitten zu singen, dann singe ich. Wenn sie wollen, erzähle ich eine Geschichte.«

Frauen können monströse Geschichten erzählen.

Aber Ada schweigt. Sie hat sich zwischen Cecilia und Johan in den Kreis geschoben und trinkt gierig aus den Gläsern, die die Runde machen. Alle sieben haben sie die Arme umeinander gelegt. Sie beschwören die alten Ängste mit alter Sehnsucht und bewegen sich im Rhythmus der Dünung des Ijsselmeers. Sie vergessen, dass das Gewitter direkt über ihren Köpfen in Hollandsche Rading hängt.

Johan küsst Ada, wie er kurz zuvor Cecilia geküsst hat, er zieht sie mit derselben Kraft an sich und flüstert ihr dieselben Worte ins Ohr: »Darling. Darling Harbour.«

Sie spürt, wie ihre Sehnsucht ins Treiben kommt. Aber sie kann noch denken: Nicht nur die Mutterschaft, sondern auch Unwetter sind meine Stärke. Nach dem vierten Glas jedoch hat sie ihre Gedanken ebenso wenig unter Kontrolle wie ihre Gefühle, und die Worte kommen aus ihr, ohne dass sie sie gewählt und aneinander gereiht hätte, es ist, als würden sie ihr entfliehen, als würden sie sich von ihrer inneren Autorität befreien, um von ihr losgelöst ein Eigenleben zu führen.

»Nimm mich mit, Johan«, hört sie sich sagen. Sie sieht ihre Hand nach seiner greifen.

»Darling«, sagt er, aber er sagt es vor sich hin, nicht zu ihr, auch nicht zu Cecilia.

»Nimm mich mit.«

Ganz kurz legt sie den Kopf an seine Schulter, versucht ihm danach direkt in die Augen zu sehen. Die

Worte entfliehen ihr mit großer Eile, sie ist nicht im Stande, sie zurückzuhalten oder einzuholen und in ihre Kehle zurückzuzerren.

»Von Tieren verstehe ich mehr als von Menschen. Ich kann Schafe brandmarken. Ich kann Kühen beim Kalben helfen und Stiere schlachten: ein Schuss zwischen die Augen, ein Messerstich in den Hals.«

Jetzt hören auch die anderen zu. Diese Ada kennen sie nicht. Sie war sich ihrer selbst am sichersten von allen. Schon mit achtzehn war sie mit dem Leben zufrieden, wie sie es vor sich sah, und mit dem Ort, den sie nie verlassen sollte.

»Ich kann aus Blut Wurst machen und aus Hirn Sülze. Ich kann alles ertragen, was mit Tieren zu tun hat. Die Stadt hat keinen Einfluss auf mich gehabt.«

Johan versucht, sie mit einem Kuss zum Schweigen zu bringen.

»Ich kann Scheiße und Zuckungen ertragen.«

Er legt ihr die Hand auf den Mund, aber sie schiebt ihn weg. Ihre Gedanken nehmen ihren Lauf. Ihre Worte auch.

»Ich kann eine Aussicht ertragen, die sich nie ändert. Ich halte die Leere aus wie ein Mann.«

Sie spürt, wie sich Johans Griff lockert, und beginnt lauter zu reden. Die anderen haben ihre Gespräche abgebrochen. Diese Ada ist ihnen fremd.

»Ich kann reiten wie eine Eins, das weißt du bestimmt noch. Du hast mir früher in den Sattel geholfen. Du hast mir beigebracht, wie man die Zügel annehmen und nachgeben muss.«

Er hält sie nur noch am rechten Handgelenk fest.

Auf den Sturm achtet keiner mehr, außer dem Mädchen. Eine Fensterscheibe ist zerbrochen. Das Regenwasser sickert durch die Küchendecke. Nachher, wenn sie fort sind, wird sie aufwischen müssen, obwohl sie doch in die Disko will.

»Deine Plage macht mir nichts aus, Johan. Wildkatzen richten auch nicht mehr Verwüstung an als Maulwürfe. Vor deinen Schlangen und Baumfröschen hab ich keine Angst. Vor keinem einzigen Tier hab ich Angst.«

Er steht auf. Er muss sich übergeben. Sie sieht ihn an der Tür zum Flur schwanken, oder haben ihre Augen keinen Fixpunkt mehr und irren durch den Raum?

»Er ist die Dünung nicht mehr gewöhnt«, hört sie Cecilia sagen. Schon früher war ihr Cecilias Stimme zuwider, aber jetzt hasst sie sie. »Auf seinem Kontinent hat er immer festen Boden unter den Füßen. Zu jemandem, der ein paar Gläser Wein intus hat, darf man nicht sagen, er wäre auf einem Schiff, nicht einmal auf einem Schiff in der Erinnerung. Fürs Gehirn machen Wirklichkeit und Phantasie keinen Unterschied.«

Sie hat keinerlei Kontrolle mehr über ihre Gefühle. Sie hasst nicht nur Cecilias Stimme, sondern auch deren Gehirn. Weit entfernt hört sie Joost sagen: »Er ist keine Frauen mehr gewöhnt. Er lebt in der Steppe unter Kühen und Schafen, ich kann mir gut vorstellen, dass ihm übel wird.« Und ebenso weit weg meint Marietje: »Vielleicht hat er dreißig Jahre im Glauben gelebt, er habe die Verbindung zu uns abgebrochen.«

»Es kommt durch den Zeitunterschied.« Das sagt Gerbrand, der fünfzig Jahre in ein und derselben Zeit gelebt hat.

Aus Adas Mund kommen keine Worte mehr.

»Es kommt durch den Zeitunterschied«, sagt Gerbrand noch einmal. »Vor einem Monat war er noch ganz allein am anderen Ende der Welt, und jetzt sitzt er in einem Kreis in Hollandsche Rading, und wir stoßen ihn nochmal fünfundzwanzig Kilometer nach Osten und dreißig Jahre in der Zeit zurück. Wenn jemand von uns uferlos ist, dann er. Warum gehen wir ihm nicht nach?«

Pieter sagt zu seiner Tochter, sie solle nachsehen, wo Johan bleibt.

Ada schweigt. Ihre Gedanken wuchern noch immer wild drauflos. Ich würde ihm gern nachgehen, denkt sie. Nicht nur hier im Landhaus, sondern weiter, viel weiter. Ich kann ohne meinen Mann leben. Ich kann mit meiner Aussicht brechen und blindlings neu anfangen, und sei es auf Land, auf dem nichts wachsen will.

Die anderen haben ihre Gespräche wieder aufgenommen. Nun da der Seekranke von Bord ist, können sie wieder fahren. Pieter ahmt das Geräusch eines Nebelhorns nach.

Ich kann ohne Rosenstöcke leben, denkt sie, ohne Dahlien. Ohne alles, was Wurzeln hat. Die meinen haben sich zu sehr mit denen meiner Mutter und Großmutter verflochten und auch schon fast mit denen meiner Töchter. Kappen, das will ich, kappen und roden statt gießen und anbinden. Je trockener die Erde, desto besser, desto weniger Leben im Boden.

»Er ist eingeschlafen.« Das Mädchen wendet sich beim Hereinkommen an niemanden im Besonderen. »Er murmelt was auf Englisch. Vielleicht ist er im Traum wieder zu Hause.«

»Ich würde ihm gern nachgehen«, sagt Ada mit einer Stimme, die nicht zu ihr gehört. »Bis dorthin, wo er ist. bis dorthin, wo er im Traum ist.«

Sie will aufstehen, aber ihr wird schwindlig; unter dem Gewicht des wiederkehrenden Prunkwagens mit den aufgezäumten Pferden, die ihre Worte überrannt haben, sinkt sie zurück. Sie sinkt zurück auf ihren Platz im Kreis.

»Bis in seinen Traum«, flüstert sie. »Bis dorthin, wo dieses Fest längst vorbei ist.« Sie legt Cecilia den Arm um die Schultern und spürt, wie unwahrscheinlich kalt für die Jahreszeit sie sich anfühlen.

8

Ganz links sitzt Cecilia, sie lehnt den Kopf an Johans Schulter. Neben Johan sitzt Gerbrand, er hat einen Arm um Johan und den anderen um Ada gelegt. Rechts von Ada sitzt Joost, aber zwischen ihnen ist Raum, er blickt als Einziger nicht in die Kamera. Marietje sitzt dahinter, versteckt, fast nicht zu erkennen, Pieter liegt längelang davor.

Es ist kein Farbfoto, der damals grüne Deich sieht aus wie der schwarze Hang eines Vulkans, und die Freundschaft ist in Grautönen festgehalten; nur die

Sommerkleider, die Zähne in den lachenden Mündern und die vorüberziehenden Wolken sind weiß. Kein Schiff, keine Möwe, kein Meer ist zu sehen, nichts außer der kleinen Gruppe, die von der Jugend Abschied nimmt.

Ich stehe außerhalb des Bildes. Jemand von uns musste das Foto machen, und es lag nahe, dass ich das übernahm, dass ich ein paar Schritte zurückging, während ihr eure Plätze einnahmt, dass ich den Lichteinfall und die Schärfe der Konturen bestimmte, dass ich durch kurzes Drücken auf den Auslöser dem Gestalt gab, was ihr festhalten wolltet, was aber allen, auch mir, zwischen den Fingern zerronnen ist. Verbundenheit. Begeisterung. Gefühle, die ich später im Leben Glück genannt und deren Abbild ich gestern in abgegriffenem Zustand wiedergefunden habe, Glück, das jetzt vor mir auf dem Tisch liegt.

Ihr.

Ihr mit eurem Treffen.

Ihr mit eurer Illusion, das was euch zu Hause zwischen den Fingern zerronnen ist, auf einem Rasen in Hollandsche Rading wiederzufinden.

Ihr mit eurer Illusion, euch in alter Verbundenheit wieder begeistern zu können, mit eurer Hoffnung, dass sich abgegriffenes Glück wieder aufpolieren und reparieren lässt, mit eurer Erwartung, dass sich die alten Plätze wie selbstverständlich wieder einnehmen lassen: Cecilia neben Johan, Johan neben Gerbrand, daneben Ada und ein Stückchen weiter Joost, Marietje dahinter,

Pieter längelang davor und ich, die ich außerhalb des Bildes zurücktrete, um unsere Unzertrennlichkeit möglichst scharf festhalten zu können.

Ihr mit eurer Wiedervereinigung.

Womit soll ich anfangen, mit welchen Worten und welchem Ereignis, welcher Geschichte, falls ich mich entschließe, nachher zu euch zu gehen, in welchen Ländern soll ich mich umherziehen lassen, und in welcher Stadt verirre ich mich wieder, wen soll ich, wenn ich euch gegenüberstehe, wieder lieben und wen verraten, an wie viele Gräber soll ich mich wieder wagen und die Asche aus wie vielen Urnen soll ich über das träge Wasser von Flussmündungen und Seen ausstreuen, in welche Kämpfe soll ich wieder hineingeraten, in wessen Ruinen mich verbergen, in welches Niemandsland fliehen, was soll ich von meinem Leben auf Reisen geheim halten, was gebe ich preis, und was unterschlagt ihr, welchen Teil gebt ihr her?

Wie wir da liegen. Ganz zerkratzt ist unsere Begeisterung. Über den Deich ist ein Glas Wein gefallen, und die Luft hat einen Riss. Wie lädiert ist doch das Gefühl, das ich später im Leben Glück genannt habe. Wie hat die Zeit doch gewütet.

Vielleicht gibt jemand von euch einen sicheren Arbeitsplatz preis, eine Lebensstellung in einem Büro, das sich am Stadtrand bis weit in eine Wiese hinein ausdehnt, so ein Büro mit zwanzig Lagen spiegelnder Fenster, mit Leuchtreklamen, Geheimdateien, mit einer Kamera überm Eingang und in der Mitte jeder Decke ein Rauchmelder. Vielleicht gibt jemand von euch einen Viehbestand preis oder eine Horde Straßenkinder oder einen Blumenstrauß oder ein Schmuckstück.

Soll ich euch dann eine Geschichte anbieten, die ich nicht geschrieben habe und die im ersten Herbstwind wieder verwehen wird?

Vielleicht gibt jemand von euch einen Mann oder eine Frau oder ein Tier preis.

Soll ich dem dann eine Reisereportage gegenüberstellen?

Oder vielleicht einen Mord, bei dem kein Blut geflossen und keine Atemnot aufgetreten ist, bei dem der Körper heil blieb, aber der Geist verletzt und allmählich gefühllos wurde, so ein kleiner alltäglicher Mord, der nicht als Mord erkannt wird?

Soll ich dann erzählen, was ich unterwegs gehört und gesehen habe, was man mir geraubt hat und was ich gefunden habe, durch welches Flammenmeer ich gegangen bin, ohne mich zu verbrennen, und an welchem schwelenden Feuer ich mich bleibend versengt habe?

Vielleicht gibt jemand von euch Freude oder Kummer preis.

Soll ich die meinen dann dazulegen?

Dreißig Jahre sind über uns hinweggerast. Der Wein hat den Deich untergraben, und der Staub hat die Wolken zusammengetrieben. Von der Luft ist nur ein Riss übrig. Die Sommerkleider und Zähne erscheinen auf einmal fahl.

Ich habe mich in meinem Leben auf Reisen oft verirrt, das will ich euch dann sagen, oft habe ich mein Ziel nicht erreicht. Schreib über dies oder jenes Volk, so lautete der Auftrag von Buchverlegern, Zeitungen und Zeitschriften, schreib über deren Kultur und Geschichte, erkläre unseren geordnet denkenden Lesern deren politisches Chaos. Reise weiter, du mit deiner Sehnsucht, immer wieder fortzugehen, mach deine Sehnsucht zum Beruf, zieh umher. Zieh per Zug, Maulesel oder Boot umher, folge dem Lauf von Flüssen, schlaf in billigen Hotels, in einem Pfahlbau, einem Wüstenzelt, schließ dich Karawanen an, dring möglichst weit in geschlossene Gemeinschaften ein, aber bleib eine Außenstehende, setz eine Maske auf oder verhülle deinen Kopf mit einem Schleier, verhülle die Fakten mit atmosphärischen Schilderungen und Impressionen, schau einmal mit den Augen eines Kindes, dann wieder mit denen eines Erwachsenen, der mit allen Wassern gewaschen ist. Und liebe unterwegs, liebe auf die Art der Frauen und nach dem Willen der Männer der Gegend, die du durchstreifst, versuche zu entdecken, ob ihr und unser tiefstes Wesen gleich sind. Kennen auch sie Besitzgier, Missgunst, Angst vor dem Verlust des Selbst, und was bedeutet für sie der Tod?

Ich habe mich oft verirrt. Auf wenigen Quadratmetern brachte ich es fertig, vom Weg abzukommen, eine falsche Richtung einzuschlagen und erst viel später die Spur wiederzufinden, ich brachte es fertig, dem Lauf eines breiten Flusses nicht folgen zu können und in einer leeren Landschaft den Wegweiser zu übersehen.

Aber öfter ist es mir gelungen, über verschlungene Pfade, Gleise in schwindelnder Höhe und in kleinen Flugzeugen, die nicht mehr aus noch ein wussten vor Fallwinden und Luftlöchern, an dem Ort anzukommen, den ich vor Augen hatte.

Ich habe viel gesehen an den Orten, die ich vor Augen hatte oder an denen man mich nicht vermutete, in den Städten, in denen ich freiwillig oder unter Zwang gelandet bin, wo gewartet und geschwiegen wurde oder wo große Worte und Kugeln mit ein und derselben Geschwindigkeit durch die Luft flogen, um diejenigen, die sich nicht auf Befehl in den Staub warfen, sondern aufrecht stehen blieben, mit ein und derselben Wucht zu durchbohren, das will ich euch dann erzählen. Aber was ich sah, habe ich oft nicht aufgeschrieben, weil ich keine Worte dafür fand, obwohl die Bilder mich ständig verfolgten.

Wir mit unserer Wiedervereinigung. Wir mit unserer Verbundenheit. Seht doch, wie zerknittert und verstaubt wir sind, die wir durch Kratzer voneinander getrennt sind. Und wie gefährlich nahe über unseren Köpfen dieser Riss sich befindet. Wir mit unserer Begeisterung.

Vielleicht gibt jemand von euch Enttäuschung preis. Oder Wut. Vielleicht Ehebruch. Gebt nichts preis, werde ich dann sagen. Gebt nichts preis, sondern tauscht, damit ihr, wenn ihr heute Abend nach Hause kommt, nicht mit leeren Händen dasteht.

Glaubt ihr, so wie ihr da vor mir auf dem Tisch liegt, das Schreiben von Geschichten sei eine größere Segnung als ein Jahr, dreißig Jahre, ein Leben mit festen Arbeitszeiten und Lohnerhöhungen und Beförderungen in einem Büro, das immer weiter in eine Wiese am Stadtrand hineinwächst, oder glaubt ihr das Gegenteil? Was ist euch lieber: ein sicheres Zuhause mit Plüschgardinen und einem Fußboden, der mehrere Generationen hält, oder die Boden- und Obdachlosigkeit eines Nomaden? Worauf legt ihr mehr Wert: auf die Gesetze von Familie, Wohnviertel und Obrigkeit oder auf die Gesetze, die ihr euch selbst gebt?

Wenn jemand die Wahrheit preiszugeben versucht, werde ich sagen: Behalt sie. Und beim Vorschlag zu tauschen: Ich habe nichts dagegenzusetzen.

Der Uhrzeit nach hat unsere Wiedervereinigung schon begonnen, ich werde mich beeilen müssen, wenn ich euch wiedersehen will. Ich muss reisen, natürlich muss ich reisen: Ich muss mit dem Zug fahren, dann mit dem Überlandbus, und anschließend werde ich wohl noch ein Stück zu Fuß gehen müssen. Landhäuser liegen nirgends auf der Welt an der Strecke der öffentlichen Verkehrsmittel, wenn ich etwas gelernt habe, dann das; Landhäuser liegen überall außerhalb der Reichweite des Gewöhnlichen.

Ich muss mich beeilen, denn ein Gewitter und Sturm sind im Anzug. Was hatte ich früher Angst, der Blitz könnte mir den Schädel spalten oder in meinem Gehirn einen Kurzschluss verursachen, der Sturm könnte mir den Verstand aus dem Kopf reißen, sodass ich sprachlos und ohne einen einzigen Gedanken, ohne ein einziges Wort wäre; was haben wir viel Vieh gesehen, das abtransportiert wurde, starr gewordene Kühe, ein Pferd, das auf einen Karren gehievt worden war und uns mit toten Augen anstarrte, was haben wir viele verkohlte Bäume und in Brand geratene Bauernhöfe gesehen, was waren wir bestürzt, als damals auch noch ein erstarrtes Kind auf einer Wiese gefunden wurde.

Ich muss mich beeilen, damit ich wieder zu euch gehören und mich wieder begeistern kann, weil das Leben noch vor uns zu liegen scheint und wir jedes Recht auf Glück haben: Wir werden es finden, auch wenn wir noch weiter dafür gehen müssen, auch wenn wir dafür bis zu unserem Tod zu Hause bleiben müssen.

Und was passiert, wenn jemand die letzten Reste Leidenschaft hervorholt, wenn jemand in dem Stück Deich herumgräbt, das hier vor mir auf dem Tisch liegt, und unsere Begierde unterm Gras hervorzieht; wer von uns wird es noch wagen, Ja zu sagen, es herauszuschreien, wer von uns wird die Schultern zucken, wer wird lächeln, wer sich abwenden, wer trauern?

Ich nicht. Ich werde euch nichts merken lassen, nichts zeigen von meinem Leben nach dem Deich bei Enkhuizen. Ich werde nichts davon erzählen. Keine Geschichte über Karawanen. Keine Kriegshandlungen aus dem Gebiet der Liebe. Keine Aufklärung über die Identität der Asche in den Urnen und der Knochen im Boden. Keinen Bericht über die Flucht ins Niemandsland. Keine Erkenntnisse über die Art des tiefsten Wesens und den Sinn des Todes, wo auch immer. Meine Geschichte spielt vor Enkhuizen, vor diesem Deich, vor diesem Foto. Sie hat nichts mit unserer gemeinsamen Jugend und Vergangenheit zu tun. Sie ist eines der Bilder, die mich ständig verfolgten, aber für die ich nie Worte gefunden habe.

»Wer putzt heute die Harley?«

»Ich!«

»Wer entfettet die Motorradjacke und die Stiefel?«

»Ich!«

»Wer spritzt den Schlamm vom Beiwagen?«

»Ich!«

»Wer sucht nach den Brillen?«

»Ich!«

Meine erste richtige Reise verdiente ich mir damit, dass ich das Allerwichtigste, das Allerwertvollste putzte und entfettete, die Harley Davidson, Kennzeichen L-11641, auf der mein Vater seit seinen jungen Jahren hin und wieder aus unserem stillen Dorf in die Welt hinausfuhr. So hielt er das Leben aus. So lernte er Landschaften kennen, die anders waren als der Wald und die Wiesen, auf die er täglich hinausschauen musste. So gewann er Freunde und verschaffte sich Bewunderung von Frauen. So entfloh er den Regeln und Gesetzen, durchbrach er die Umzäunungen. Manchmal in der Kolonne des Clubs, meist allein.

»Wer streicht das L mit weißem Lack nach?«

Ich. Ich kratzte auch mit einem Messerchen den hart gewordenen Sand aus dem Profil der Reifen, und mit Fahrradöl säuberte ich nicht nur die Naben und Felgen, sondern auch die Speichen, denn mein Vater wollte immer glanzvoll aus seinem Dorf hinausfahren, als einer, den man beneidet, dem man nachstarrt. Deshalb putzte ich auch das Rücklicht überm Nummernschild, auch den Haltegriff zwischen den zwei ungleichen Sätteln, und als alles bereit war, entfettete ich die Ledermützen mit den Ohrenklappen und rieb sie so lange mit einem Wolltuch, bis sie glänzten wie die Jacke.

Die erste Reise meines Lebens ging nach s'Hertogenbosch zu Tante Corrie. Die Tasche mit den Übernachtungssachen und der Jutesack mit Gemüse und Obst aus dem Garten standen bereits im Beiwagen, aber erst mussten wir eine Probefahrt machen. Noch vor der Kurve an der Kirche stellte sich heraus, dass der hintere Sattel für mich zu hoch und zu weit vom vorderen weg war. Die Lücke zwischen den zwei Sätteln wurde mit der Matratze aus meinem Puppenbett ausgestopft, aber ich saß immer noch nicht sicher. Meine Hände waren nicht kräftig genug, um den Gürtel der Motorradjacke meines Vaters lange festzuhalten. Ich wurde festgebunden, aber woran? Ich weiß es nicht, ich weiß nicht mehr, wie ich an meinem Vater festgebunden wurde, aber es stand fest, dass er mich nicht verlieren konnte, dass nichts uns voneinander trennen konnte, es sei denn, etwas würde brechen oder reißen oder entkoppelt. Wie konnte er absteigen, ohne mich mitzuziehen, wie konnte er die Hand ausstrecken, ohne dass ich nach einer Seite hin rutschte? Diese Fragen stelle ich mir heute, aber damals fühlte ich mich vollkommen sicher. Vielleicht habe ich mich in meinem späteren Leben nie sicherer gefühlt als damals in dieser lebensgefährlichen Symbiose einen halben Meter überm Boden.

Wir fuhren aus dem Dorf hinaus, man beneidete uns und starrte uns nach, davon waren wir überzeugt, aber wahrscheinlich hat niemand außer den anderen Familienmitgliedern und den Nachbarn uns auf dem komischen Gefährt L-11641 in die Welt hinausziehen sehen. Mein Vater saß so niedrig, dass ich über seine Schulter gucken konnte. Es war ein strahlend schöner Tag, so ein Tag, wie er in der Erinnerung untrennbar mit dem Licht, den Gerüchen und den Geräuschen der langen Sommer der Kindheit verbunden bleibt. Der Wind schlug mir ins Gesicht, das von der fest umgeschnallten Motorradbrille meiner Mutter halb verdeckt war. Ab und zu rief mein Vater etwas, ohne den Kopf zu bewegen: »Sitzt du noch gut?«, oder: »Schön festhalten!«, oder: »Jetzt fahren wir Spitzentempo!« Aber so schnell wir auch fuhren, es dauerte den ganzen Vormittag, bis wir die erste Station erreichten, Wijk bij Duurstede.

Wie sind wir abgestiegen, da wir doch aneinander festgebunden waren, wer hat wen losgemacht? Ich weiß es nicht mehr. Was ich noch weiß, ist, dass wir auf einmal Hand in Hand an der Reling eines Fährboots standen, das seitlich an einer Kette eine ganze Reihe kleiner Boote mitzog. Hat es solche Fährboote gegeben? Ich scheue davor zurück, mich zu erkundigen, aus Angst, dass die Wirklichkeit die Bilder der beeindruckendsten Reise meines Lebens zunichte macht, dass sie die lange Reihe kleiner Boote von dem einen großen losreißt, das nicht sinken konnte und trotz starker Gegenströmung ruhig aufs andere Ufer zusteuerte.

Mein Vater unterhielt sich mit dem Fährmann, daran erinnere ich mich noch; er, der zu Hause so schweigsam war, redete wie ein Buch. Das berührte mich seltsam. auf einmal schien er auch seinen Dialekt abgelegt zu haben und gebrauchte Worte, die ich noch nie aus seinem Mund gehört hatte. Bei der Unterhaltung ging es nicht nur um die Harley Davidson, nicht nur um den Rhein und den Lek. Ich versuchte, seine Aufmerksamkeit auf mich zu lenken, indem ich quengelte, ich wolle ein Eis und mein langes Haar sei durcheinander geraten, aber er redete weiter mit dem Fährmann mit einer Leichtigkeit, die nicht zu ihm gehörte und die mir deshalb Angst machte. Auch sein Lachen machte mir Angst, denn es rollte übers Deck und übers Wasser und gegen den Kai auf der anderen Seite, während er zu Hause ganz verhalten lachte, nur für Freunde, für uns hörbar.

»Das ist Freiheit.«

Ob er das wirklich gesagt hat? Das Wort Freiheit kam in unserem Wortschatz nicht vor. Ob ich ihm das später in den Mund gelegt habe, ob mein Gedächtnis mich nach dreißig Jahren Reisen im Stich lässt?

»Das ist Freiheit.«

Genau das höre ich aus seinem Mund, wenn ich an

das Fährboot über den Lek bei Wijk bij Duurstede denke, das ist mir von der Überfahrt am deutlichsten, am beängstigendsten in Erinnerung geblieben, denn diese Worte machten meinen Vater zu einem Fremden, zu einem Mann, der eher zu dem Fährmann gehörte als zu mir. Aber zugleich hatte ich in seinen Augen etwas gesehen, was ich verstand, oder habe ich ihm etwa auch erst viel später diesen Blick gegeben, habe ich ihm, dem Vater, an dem ich festgebunden war, später auf meinen Reisen den Wunsch nach Freiheit und den rebellischen Blick gegeben, weil ich meine eigenen sonst nicht hätte einordnen können, oder habe ich mir eingebildet, dass ich ihn verstand, doch in Wirklichkeit war er ein anderer, ein Mann, der sich mit seinem Schicksal abgefunden hatte?

Er schob die Harley Davidson ans Ufer, auf den Deich. Ich ging nebenher und hatte Angst, ihn zu verlieren. Je eher er mich wieder an sich festmachte, desto lieber war es mir. Aber er wollte zu Fuß gehen. Er wollte nachdenken.

Vielleicht glaubte er, dass er das Gespräch mit dem Fährmann zu schnell hinter sich ließe, wenn er sofort den Motor startete und Gas gäbe, dass er die Worte vergäße, die er zu Hause nie gebrauchte. Solch ein Mann war mein Vater, ihm lag an Menschen und an Worten, er wollte alles mitnehmen und aufheben, er wollte jeden festhalten, nicht nur seine Frau und seine Kinder, sondern auch Passanten, auch einen Fährmann, der täglich hunderte von Fahrgästen übersetzt.

Er schob die Harley Davidson über die Straße.

»Freiheit«, höre ich ihn in meiner Erinnerung wieder sagen. »Wasser an der einen Seite, an der anderen Seite Land. Über diesen Deich können wir gehen, wohin wir wollen. Der Tag gehört uns.«

Ich weiß nicht mehr, ob ich auf den Sozius geklettert bin oder ob er mich hinaufgehoben hat. An ein Festmachen erinnere ich mich nicht mehr, aber ich fühlte mich sicher, auch als er auf dem schmalen Deich am Fluss Spitzentempo fuhr und sich umdrehte, wenn er etwas zu mir sagen wollte. Die Motorradbrille war mir um den Hals gerutscht, und meine Hände verloren allmählich den Halt am Gürtel seiner Jacke. Aber uns konnte nichts geschehen. Der Tag gehörte uns. Die Freiheit, von der ich heute glaube, dass ich sie ihm nachträglich in Kopf, Mund und Augen gelegt habe, gehörte uns. Alles stand in voller Blüte, daran erinnere ich mich. Und die Türen und Fenster der Häuser am Deich waren offen, in den Gärten dahinter hing Wäsche an der Leine; auch dieses Bild habe ich festgehalten. Es war ein Tag ohne Geheimnisse, ohne Untergrund.

Es muss irgendwo im Deichvorland der Waal gewesen sein oder vielleicht war es die Linge oder die Maas, als er zum zweiten Mal anhielt. Er wollte etwas essen und sich die Beine vertreten. Von unserer Reise wurden keine Fotos gemacht, aber auf dem immer gleichen Bild in meinem Gedächtnis sehe ich die Harley Davidson an einem blühenden Wegrain abgestellt, und meinen Vater und mich sehe ich auf der ausgebreiteten Motorradjacke sitzen, wir haben die Johannisbeeren für die Tante in den Händen, die Landkarte liegt aufgefaltet im

Gras. Und wieder höre ich ihn das ungebräuchliche Wort »Freiheit« aussprechen, wieder höre ich ihn sagen »Wir können gehen, wohin wir wollen« und ich sehe seinen Zeigefinger quer über den Bommelerwaard nach s'Hertogenbosch und an s'Hertogenbosch vorbei in Richtung Belgien fahren. Wahrscheinlich hat er das nicht gesagt, wahrscheinlich hat er diese Bewegung nicht gemacht: Er wusste, dass die Freiheit an Tante Corries Haustür aufhörte, und dass er, nachdem er mich mit meiner Reisetasche und dem Sack Gemüse abgesetzt hatte, denselben Weg zurück in unser Dorf fahren musste.

Mit der Sonne im Gesicht ist er eingeschlafen, wie jeder Schwerarbeiter, der einen Tag frei hat, ist er eingeschlafen. Auf meinen Schultern ruhte die Verantwortung für ihn und das Allerwertvollste, was er besaß: die Harley Davidson, die sein Leben erträglich machte. Wie ein Soldat hielt ich Wache, obwohl sich niemand für uns interessierte, sich offenbar niemand fragte, zu wem das glänzende Motorrad mit Beiwagen und zu wem das Wache haltende Kind gehörte.

Wie jeder Schwerarbeiter, der an seinem freien Tag eingeschlafen ist, schrak er hoch.

»Wir müssen weiter!«, rief er.

Ich erinnere mich, dass er die Ledermützen und die Motorradbrillen ganz vorn im Beiwagen verstaute, weil es zu warm wurde. An ein Festgebundenwerden erinnere ich mich überhaupt nicht, im Gegenteil, ich sehe mich noch selbst auf den Sozius klettern, ich geniere mich noch wegen der Puppenbettmatratze, die die Lücke und den Höhenunterschied zwischen ihm und mir ausgleichen sollte. Binnen eines halben Tages Reisen war ich um Jahre älter geworden.

Wir mussten weiter, viel weiter. Wir brausten noch in voller Fahrt über etliche Landstraßen und Brücken, bevor wir s'Hertogenbosch erreichten. Wir haben sogar noch einmal angehalten, um uns wieder die Beine zu vertreten und etwas zu essen, und er studierte erneut die Landkarte, als würde er sich, so denke ich heute, über die Karte seiner Seele beugen.

Als der Nachmittag halb um war, war der Zauber gebrochen. Er guckte sich nicht mehr um, machte mich auf nichts mehr aufmerksam, und ich war zu müde, um mich noch für die Reiher zu begeistern, die uns hoch am Himmel zu folgen schienen, während das rote Klinkerpflaster vor uns dank unseres Tempos einen unentrinnbaren pfeilförmigen Streifen bildete. Er fragte nicht mehr, ob ich gut säße und mich auch schön an seinem Gürtel festhielte, er streckte die Hand nicht mehr nach hinten zum Zeichen, dass er an mich dachte; er musste sich auf den Verkehr konzentrieren, der immer gefährlicher wurde, je näher wir unserem Endziel kamen. Als wir schließlich vor der Tür meiner Tante abstiegen, hatte ich weiche Knie und im Kopf ein Sausen, das erst aufhörte, als ich an jenem Abend nach stundenlangem unterdrücktem Weinen einschlief. Der Kissenbezug, daran erinnere ich mich auch heute noch, roch nach den Mottenkugeln, die zu Hause, so furchtbar weit weg, nur in den Schrank mit den Wintersachen und den Wolldecken gelegt wurden.

Ich muss mich beeilen, denn es wetterleuchtet schon. Nicht dass ich Angst hätte. Ich weiß seit langem, dass es nicht der Blitz ist, der Schädel spaltet, Verstand aus Köpfen herausreißt, Gedanken und Worte auseinander zerrt. Aber der Tag ist fast vorbei, unser Treffen löst sich jetzt womöglich schon auf.

Wartet noch ein wenig mit dem Gehen. Bleibt noch ein wenig beisammen, so abgegriffen ihr seid, so zerkratzt ihr seid. Gebt mir die Chance, den Zug und den Bus zu nehmen und das letzte Stück zu Fuß zu gehen, zu rennen, wenn es regnet, wenn der Himmel über Hollandsche Rading aufreißt. Gebt mir die Chance, dass ich nicht außerhalb des Bildes bleibe, sondern mich zu euch stellen kann.

Trinkt noch was. Esst noch was. Haltet einander mit Geschichten fest, ganz gleich, ob mit wahren oder erfundenen. Notfalls mit Schweigen; im Garten eines Landhauses gibt es genug Hintergrundgeräusche.

Wartet noch ein wenig mit dem Verabschieden, bitte, wartet auf mich. Ich mache mich ja schon auf den Weg. Ich komme ja schon.

Teil 3

Es hat aufgehört zu regnen, und der Wind hat sich gelegt. Die Jugendfreunde wollen offenbar vergessen, dass sie einander geküsst und an einem Deich gelegen haben. Sie helfen einander beim Aufrichten und Stehenbleiben. Sie tarnen ihre Narben nicht mehr, und in ihren Mündern blinkt Gold, als sie lauthals und mit unterschiedlichen Akzenten verkünden, dass es ein wunderbares Wiedersehen gewesen sei. Die Arglosigkeit in ihrem Blick ersetzen sie durch Skepsis, ihre zerknitterte Kleidung versuchen sie glatt zu streichen und vor einem der vielen Spiegel kämmen sie Strähnen über ihre kahlen Stellen oder stecken das Haar mit einer zu weiten Spange hoch.

Von jenseits der Rhododendronhecke treibt die Außenwelt mit der Macht von dreißig gelebten Jahren ins Landhaus herein. Ehepartner, Kinder und sogar Eltern ziehen von ihren Verstecken aus an dem Band, das die Heimat geschaffen hatte, aus allen Himmelsrichtungen ziehen sie, sie ziehen so fest, dass das Band reißt, und dann kommen sie mit ausgestreckten Armen gerannt, mit Erwartungen und Versprechen, mit Hypotheken und Enzyklopädien und Lebenselixieren, mit einem Erbe, mit Urlaubsprospekten und einer fälligen Rechnung.

Die Jugendfreunde räuspern sich und beginnen rasch, über das Heute zu reden, mit möglichst großen Worten klammern sie sich daran fest und zeigen einander die Mitgliedskarten, die sie ständig in der Brieftasche mit sich herumtragen: politische Partei, Fußballclub, Landfrauenverein, Euthanasievereinigung, Ritterorden, Organspende, Kosmetiksalon; die Leben purzeln übereinander, ohne sich noch zu berühren.

Marietje erkennt Klara als Erste.

Wie Klara da in den viel zu kleinen Kleidern in der Tür steht, sieht sie aus wie ein altkluges Kind, das sich auf dem Nachhauseweg verlaufen hat, aber auch sie ist fünfzig, auch sie hat sich den Verlockungen des Alltags anpassen müssen, auch wenn sie noch so oft und noch so lange durch exotische Länder gereist ist, auch sie hat sich durchs Leben schlagen müssen, so gut es eben ging; standhalten, darum geht es, für jeden von uns, auch für sie.

Es erschreckt Marietje, dass ihr diese Gedanken durch den Kopf gehen, noch bevor sie auf Klara zugegangen ist, noch bevor sie, abgesehen von Klaras Reiseberichten in Zeitungen und Zeitschriften, auch nur ein einziges Detail ihres Erwachsenenlebens kennt. Schon in der ersten Minute unseres Wiedersehens ziehe ich sie in einen Kreis von Gleichgesinnten und Gleichbedachten, denkt sie, aber dieser Kreis ist eine Illusion, alle Kreise sind Illusion, gerade eben habe ich mich so ausgeschlossen gefühlt wie damals auf dem Deck. Sie dreht sich um. Es ist noch nicht der richtige Moment, den Armreif zu überreichen. Sie spürt, dass sie rot wird; es ist noch nicht der richtige Moment, Klara Fesseln anzulegen.

Pieter ruft sie alle aufs Treppenpodest. Er hat seinen Kassettenrekorder in einem Blumenbeet wieder gefunden und ihn möglichst unauffällig zwischen das schmutzige Geschirr auf die Spüle platziert. Fast unhörbar hat er festgestellt, dass alles verloren gegangen ist, dass das Treffen eine unverbindliche Zusammenkunft ohne aufgezeichnete Äußerungen geworden ist, ohne die Wahrheit über das Älterwerden, ohne Fakten, ohne Beweis. Er kann versuchen sich zu merken, was noch gesagt wird, aber es ist nichts Weltbewegendes mehr, die Worte sind jetzt vom Wein, von der Müdigkeit und dem Wunsch, nach Hause zu gehen, gefärbt. Nein, besser nicht versuchen, sich etwas zu merken. Eigentlich zählen nur seine eigenen Erfahrungen und Gedanken. Wenn er sich nur nicht so leer fühlte. So allein. So machtlos.

Noch einmal ruft er, dass alle aufs Treppenpodest kommen sollen, weil er nun, da die Clique vollzählig sei, eine weitere Rede halten wolle. Aber seine Tochter lässt Musik laufen, irgendeine Musik, es hört sich nach Radio an, und sie teilt mit, sie werde Kaffee kochen, den Kuchen anschneiden und das Konfekt auf die Silbertabletts legen, die genauso alt seien wie das Landhaus.

»Familienbesitz«, grinst Joost.

Der Garten ist schwer verwüstet. Wo eine junge Birke gestanden hat, ist die schwarze Erde aufgerissen. Fetzen vom Gartenzelt hängen in der Rhododendronhecke, und von Cecilias Buche sind Äste abgebrochen, sodass sie weniger Schutz bieten kann. Der Efeu, der über ein Jahrhundert gebraucht hat, um bis zur kleinen Kuppel der Laube hinaufzuwachsen, treibt verloren auf dem Teich.

Wer reicht Klara die Hand, wer zieht sie über die vergangenen dreißig Jahre und den vergangenen Nachmittag hinweg in diese Dämmerung, diese Stille nach dem Sturm? Wird Johan, der offenbar alles über Einsamkeit, aber so wenig von Frauen weiß, sein Lasso um sie werfen? Oder wird Cecilia mit ihrem Wissen um die Funktion der rechten Gehirnhälfte das richtige Wort und den richtigen Ton finden, damit sich Klara, die sich überall und nirgends zu Hause fühlt und an der aus keiner Himmelsrichtung gezogen wird, heimisch fühlt und über die Sahara und die Kalahari und die Steppenpferde in der Mongolei zu reden anfängt? Oder Ada, die sechs Kinder geboren hat und mit ihrem Körper so selbstverständlich Trost spendet und Ordnung schafft? Und warum nicht Gerbrand, Gerbrand, der so große Angst vor dem Verirren hat, dass er von Ufer zu Ufer lebt, warum nimmt er sich nicht der verirrten Jugendfreundin an, warum lotst er sie nicht zwischen den Fünfzigjährigen hindurch, die jetzt Fotos und Mitgliedskarten und Titel fallen lassen, warum sieht er sie nicht so an wie die Fahrgäste auf seiner Fähre, damit sie ihm ihre Geschichte erzählen und er sie erlösen kann?

Das Mädchen gießt Kaffee in die Tassen und schneidet den Aprikosenkuchen in acht gleiche Stücke.

»Der Kognak steht drinnen«, sagt sie und hofft, dass noch niemand ins Haus will.

Und da, einfach so und ohne Anlass, geht Joost auf Klara zu und fängt an, ihr vom Sambesi und den Kaimanen zu erzählen. Als er merkt, dass sie aufmerksam zuhört, geht er von den Kaimanen zu den Stammeskriegen und Brunnen über, und als er zu Ende geredet hat und sie nichts weiter fragt, will er von ihr wissen, wie Nomaden an ihr Essen und ihr Wasser kommen, wovon sie leben und gegen wen sie sich auflehnen, was für Waffen sie benutzen und wo in der Wüste sie sich verstecken, wenn sie verfolgt werden.

Verwundert sieht Klara ihn an.

»Nomaden lehnen sich fast nie auf«, sagt sie. »Sie kämpfen nicht um ein eigenes Stückchen Land, sie betrachten die ganze Steppe oder Wüste als ihr Eigentum. Sie schlagen ihre Zelte mal hier, mal dort auf, und ihre Ziegen lassen sie weiden, wo es etwas zu weiden gibt, Einfriedungen und Grenzen kennen sie nicht. Verstecken? Ein Nomade versteckt sich nicht. Er ist stolz. Er ist frei.«

Joost grinst. »Jeder will doch ein Stück Land, von dem ihn keiner vertreiben kann.«

»Ein Nomade nicht«, sagt Klara.

Joost zuckt mit den Schultern.

»Und ich auch nicht.«

Die anderen ziehen ihre Jacken und Westen an und lassen weitere Fotos von Hand zu Hand gehen. Aber aus Hausfassaden lässt sich nichts schließen, ebenso wenig aus einer Skihütte, und Kinder und Enkel von Fremden sehen einander immer ähnlich.

Als Joost nicht locker lässt und sich dabei über die Milzgegend fährt: »Jeder will doch ein eigenes Stück Land und ein eigenes Dach überm Kopf«, da beginnt Klara, von den Sonnenuntergängen in einer Fels- oder Sandwüste zu erzählen. Von der Endlosigkeit und der Stille, die für einen Nomaden und für sie keine Endlosigkeit und keine Stille sind, und als er sich immer weiter über die technischen Probleme beim Brunnenbohren verbreitet, da fällt sie ihm ins Wort und versucht, das Blau der Tuareg zu beschreiben, das satteste Blau, das sie je gesehen hat, Indigo, leuchtendes Indigo; womit kann sie in der grauen Dämmerung von Hollandsche Rading die Farbe des Schleiers der Tuareg beschreiben, des Tuchs, das ihr Gesicht vor Sonne, Sand und heißem Wüstenwind schützt; mit einer Iris, mit Lapislazuli?

Marietje schnellt hoch: Blau! Sie nimmt den Armreif aus der Tasche und lässt das Licht der Wandlaterne auf den fassettierten Saphir fallen.

»Dieses Blau ist die Farbe der Treue und der Gebundenheit«, sagt sie. »Dieser Stein bringt Umherschweifende nach Hause zurück.«

Einen Moment lang zögert sie, dann schiebt sie den Reif an den eigenen Arm, als trüge sie ihn schon seit Jahren. Sie spürt, dass sie Klara verloren hat, diesmal für immer.

Und fest entschlossen, am Leben zu bleiben, klammert sich Cecilia ans Regenrohr, durch das sich noch immer Wasser vom Dach in die Kanalisation ergießt. Der ewige Kreislauf der Natur, denkt sie und fährt mit dem rechten Zeigefinger über den Streifen auf ihrer linken Brust, der sich feuriger anfühlt als gestern und die Tage davor. Was macht eine Frau in der Leere einer Wüste, wenn sie etwas Hartes in ihrer Brust entdeckt, will sie Klara fragen; treibt sie die Karawane zur Eile an oder achtet sie ganz im Gegenteil überhaupt nicht mehr auf die Zeit, lässt sie ihr Leben herunterbrennen, statt es verlängern zu wollen, zieht sie den schmerzvollen Genuss der Schönheit von Sonnenuntergängen der Hoffnung auf Genesung in einem Krankenhausbett vor? Aber sie fragt nichts.

Und Johan, der Verwitterte, der Cowboy, dessen Gemüt und Körper mehr auf Tiere als auf Frauen eingestellt sind, Johan ist wieder nüchtern, aber am liebsten würde er weinen, als er Ada, Cecilia, Klara und Marietje so beieinander stehen sieht und spürt, dass etwas in ihnen kaputtgegangen ist, dass die Zeit Gewalt angewendet hat. Er weiß noch, wie verletzlich sie im Gras am Deich bei Enkhuizen lagen, er hätte die Zeit anhalten mögen, damit niemand sie anfassen, ihnen wehtun, sie aufreißen könnte, er wollte, dass das Leben sie alle vier heil lässt; die Jungen durften ruhig Schrammen und Narben abbekommen, die Mädchen sollten so vollkommen bleiben, wie sie waren. Damals.

Jetzt bräuchte ich ein Unterwassertau, denkt Gerbrand, aber Unterwassertaue sind nicht mehr zeitgemäß.

Pieter bittet das Mädchen, die Musik ganz leise zu stellen.

»Aus«, sagt sie.

Der Teich ist mit Efeu bedeckt. Eine träge Wespe bohrt ihren Stachel in jemandes Haut und wird totgeschlagen. Die Ehepartner und Eltern und Kinder hängen den Jugendfreunden immer schwerer um den Hals, deshalb macht es ihnen Mühe, sich zu bücken, um ihre Ausweise und Fotos vom Boden aufzuheben.

Ada kann sich nicht bücken. Ihr ist immer noch schwummrig. Sie hat das Gefühl, dass alles in ihrem Kopf ins Rutschen gekommen ist. Nicht nur alles in ihrem Kopf, auch die Außenwelt verrutscht. Die Zufahrt ist keine gerade Linie, die Rhododendronhecke hat Kurven, und die Gesichter, die sie direkt neben sich weiß, sieht sie beängstigend weit weg. Das also ist der Schwindel, denkt sie, der Schwindel, von dem ich Frauen so oft habe reden hören; dieses Gefühl also bedeutet, keinen Fixpunkt mehr zu haben, keine Wurzeln, keine Sicherheit darüber, wo man steht und wer man ist. Sie will Johans Arm ergreifen, aber auch Johan ist weit weg. Sie will die Namen ihres Mannes und ihrer Kinder rufen, aber auch die Namen sind verrutscht, und die Stimmbänder hängen ihr wie zerfetzt im Hals. Sie würde sich gern auf das Bett fallen lassen, in dem sie geboren wurde und in dem sie sterben wird, sie würde gern so lange Gras mähen, bis sie diesen Nachmittag und diese Leute vergessen hat, mähen, bis alles wieder beim Alten, bei ihrem übersichtlichen, öden Leben im Dorf ist.

»Ich werde die Birke noch heute Abend zersägen.«

Diese Worte Pieters und der unvermittelte Ruf einer Eule vom First des Kutschenhauses sind das Zeichen zum Aufbruch. Alle acht scheinen sie aus der Vergangenheit fortzuwollen, auch Klara, die gerade erst darin angekommen ist.

»Es bleibt mir nichts anderes übrig, als sie zu zersägen. Einen entwurzelten Baum an derselben Stelle wieder einzupflanzen ist sinnlos. Er hat seinen Halt in der Erde verloren, und die Erde hält ihn nicht mehr, auch wenn das Loch noch so frisch ist, auch wenn die Wurzelgänge noch offen sind. Es bleibt mir nichts anderes übrig, als die Erde festzustampfen und die Holzscheite für den Kamin aufzubewahren. Demnächst sind die Abende kalt.«

»Bis in fünf Jahren.« Gerbrand sagt es beinahe fragend. Am liebsten würde er ein Datum und einen Ort für ein neues Treffen ausmachen.

»Fünf Jahre.« Joost grinst.

Cecilia auch. Fünf Jahre sind nicht überschaubar. Sie streicht sich das Kleid glatt und nimmt ihr Telefon zur Hand. »Holst du mich ab?«, fragt sie ihren Mann. »Hast du heute Nachmittag noch mit den Kindern gesprochen? Komm bitte bald!«

Marietje bietet Klara an, sie zur Bushaltestelle, zum Bahnhof, zu ihrer zeitweiligen Unterkunft mitzunehmen, aber Klara sagt, sie gehe lieber so zurück, wie sie gekommen sei: allein, zu Fuß, aufs Geratewohl. Kurz darauf hört Marietje Ada sagen: »Ich bin eine Gefahr im Straßenverkehr, würdest du mich wohl nach Hause fahren, Klara? Und bleib dann doch über Nacht, morgen ist Sonntag, dann sind mein Mann und meine Töchter den ganzen Tag zu Hause.« Marietje dreht sich um und geht mit großen Schritten auf ihr Auto zu, aber sie kann nicht verhindern, dass sie auch noch Klaras Antwort hört: »Ja, das ist eine gute Idee, gib mir den Schlüssel.« Wie nebenbei lässt Marietje den Armreif in ihre Tasche gleiten.

Gerbrand lehnt sich beim Wegfahren aus dem Autofenster und ruft, er werde sie alle demnächst anrufen. Sein Versprechen erreicht keinen.

Johan und Joost sind beim Verabschieden voneinander über die Folgen von Trockenheit für Mensch und Tier ins Gespräch gekommen. »Wenn du dich hier nicht zurechtfindest, dann komm doch zu mir rüber«, sagt Johan. »In Australien gibt es genauso viel zu bohren wie in Afrika. Kugeln brauchst du nicht zu fürchten, denn dort bricht nie ein Krieg aus. Kaimane gibt es nur im Nordosten. Die Vergangenheit spielt überhaupt keine Rolle.« Johan schreibt seine Adresse auf die Rückseite von Pieters Einladung. Joost fragt: »Eine Frau?« »Die bringst du dir besser von hier mit«, antwortet Johan. »Aber lass deine Eltern zu Hause.«

Das Mädchen beginnt aufzuräumen. Sie fegt die Scherben auf einen Haufen und lacht: Das Kristallservice gehört zum Landhaus, Familienbesitz. In der Ferne hört sie den Fährmann »bis in fünf Jahren!« rufen; wo wird sie selbst dann sein, in Hollandsche Rading, in der Kalahari, in Australien? Wird sie einen Mann haben, ein Kind, vielleicht schon zwei? Wird sie auf einem Schiffsdeck gelegen haben, das sie ihr Leben lang nicht mehr vergisst, oder an einem Deich, dessen Geruch sie nie mehr los wird und an den sie immer dann denken muss, wenn ein Mann sie zum ersten Mal küsst? Nein! Alles, was sie heute Nachmittag gesehen und gehört hat, muss sie vergessen, ihr Leben wird ganz anders verlaufen. Sie wird dorthin gehen, wo noch niemand war. Sie wird Ideen haben, die noch keinem je gekommen sind. Sie wird frei sein, frei und einzigartig.

»Bevor ich die Birke zersäge, möchte ich noch ein wenig reden«, sagt Pieter, als er eine halbe Stunde später in die Küche kommt. »Mir schwirrt der Kopf.«

Seine Tochter hört ihn nicht, sie sagt zu sich selbst: Ich werde gehen und stehen, wo es mir passt, irgendwo werde ich mein Glück versuchen. In irgendeiner Sprache werde ich »Ich liebe dich« sagen. Landhäuser, Skihütten und Wüstenzelte, es ist mir einerlei. Ich brauch keine Mitgliedskarten oder Medaillen. Ich will so intensiv wie nur möglich leben und sterben, bevor ich Mitleid errege.

»Ich möchte noch ein wenig reden. All diese Leben. Stört es dich, wenn ich eine Kassette in deinen Rekorder einlege? Ich möchte dir ein paar Fragen stellen. Ich wüsste gern, was du über uns denkst.«

Sie achtet nicht auf ihn. Sie denkt an morgen, nächste Woche, nächstes Jahr, an ihr eigenes Leben, während sie die leeren Flaschen in den Mülleimer wirft und laut zählt.

»Sechzehn! Sechzehn geteilt durch acht ist zwei! Mann, ihr hattet ganz schön was wegzutrinken.«

»Was macht die Zeit mit uns?«

Pieter spricht die Worte scheinbar gleichgültig aus, aber es ist die Frage, die er monatelang vorbereitet hat.

»Was ist der Unterschied zwischen achtzehn und fünfzig sein, was glaubst du?«

Sie nimmt den Besen. Ihr Vater ist ihr im Weg. Die Stühle sind ihr im Weg. Auch die Rhododendronhecke und die Weißbirken und das Gittertor der Zufahrt. Alles ist ihr im Weg. Auch ihre Mutter, die gar nicht da ist.

»Warum sagst du nichts?«, fragt er. »Ich bin wirklich neugierig, was du über meine Jugendfreunde denkst.«

Er zögert, dann fügt er hinzu: »Und über mich.«

Das Leitungswasser spritzt auf die Platten mit Essensresten.

»Kannst du dir vorstellen, dass wir alle acht im selben Dorf geboren sind, mit denselben Werten und Vorstellungen erzogen wurden und bis auf Johan alle dieselben Chancen hatten? Und dann sieh dir an, wie unterschiedlich wir geworden sind.«

Über welche gleichen Vorstellungen und Chancen redet ihr Vater da eigentlich? Dass acht Freunde bis zum Abitur dieselbe Aussicht haben, heißt doch noch lange nicht, dass sie dasselbe sehen, dass sie dieselben Bücher lesen, heißt doch noch lange nicht, dass sie dasselbe daraus lernen. Von ihren Freunden will der eine aus demselben Grund von zu Hause fort, aus dem der andere möglichst lange bleiben will. Der eine hat Angst vor dem, was dem anderen Mut macht.

Sie lässt das Besteck ins Spülwasser klatschen.

»Nun sprich es doch aus«, sagt Pieter. »Ich kann dich nicht denken hören.«

Gern würde er ihr die Worte aus dem Mund ziehen und sie auf dem laufenden Band hintereinander speichern. Das Einzige, was er bisher aufgenommen hat, sind seine eigenen unbeantworteten Fragen und unbedeutende Geräusche: Das Krächzen der Eule auf dem First des Kutschenhauses, klirrendes Geschirr, plätscherndes Wasser, das ganz eindeutig kein Wasserfall oder schnell fließender Bach ist, sondern ein laufender Wasserhahn über einem Spülbecken. Als ihm bewusst wird, dass da keine Worte oder brauchbaren Geräusche sind, drückt er auf »Stopp«. Im selben Moment geht es ihm durch den Sinn, dass vielleicht dies die Antwort ist, dieses Klirren und Krächzen, dieses Abspülen und Zusammenfegen dessen, was vom Fest übrig geblieben ist, dieses hartnäckige Fragen nach dem, was man bereits weiß, diese Erkenntnis, dass was vorbei ist, unwiderruflich, und dass es keine gemeinschaftliche Erinnerung gibt, sondern nur die eigene. Er gibt seiner Tochter die versprochenen hundert Gulden, damit sie bis zum Morgengrauen mit ihren Freunden tanzen gehen kann. Dann schleppt er einen Sessel aufs Treppenpodest hinaus, lässt sich hineinfallen und macht die Augen zu.

Über dreißig Jahre bin ich in der Zeit zurückgegangen und fünfundzwanzig Kilometer in gerader Linie nach Osten, aber meine Jugendfreunde habe ich nicht wiedergefunden, denkt er. Auch mich selbst nicht. Es gibt Dinge, auf die ich mit meinem gewandten Reden und Handeln keinen Einfluss habe. Es gibt Gefühle, die nicht in meine Worte passen. Es gibt Leben, die ich nicht montieren kann. Es gibt Leben, die ich verloren habe. Er holt tief Luft. Seine Atemzüge und das Hämmern seines Herzens sind die einzigen Geräusche, die er in der Abendstille hört, dennoch verspürt er kein Bedürfnis, Lärm zu machen. Über die Weiden und die verregneten Maisfelder weht der Geruch des letzten Spätsommerabends heran; ist es der Geruch nach gedroschenem Getreide, nach umgepflügtem Ackerland, nach dem Bach, in dem endlich wieder Wasser fließt. Sind es Rosen, Gladiolen, Vögel, oder ist es der Geruch nach den Menschen, die von der Geburt bis zum Tod auf demselben Stück Land zusammengehören?

Er legt eine Hand aufs Herz und holt noch tiefer Luft, er atmet den Dunst über dem Boden ein, kühl, mild, weil sich die Zeit heute, bis auf eine Stunde gemeinsamer Vergangenheit, nicht hat erweichen lassen: Sie sind fort, und sie kommen nicht wieder, das weiß er; nicht einmal Ada, nicht einmal Marietje, nicht einmal Gerbrand. Vielleicht wird er ihnen irgendwann einmal zufällig begegnen. Vielleicht geht er ihnen dann aus dem Weg.

Sie sind unterwegs. Der eine biegt falsch ab, der andere fährt einmal leichtsinnig schnell, dann wieder leichtsinnig langsam, wieder ein anderer versucht, mit Speichel eine Schmerztablette hinunterzuschlucken, und diejenigen, auf die keiner wartet, machen bewusst Umwege, um festzuhalten oder loszuwerden, was sie in das Landhaus in Hollandsche Rading geführt hat.